요리는 감이여

충청도 할매들의 한평생 손맛 이야기

요리는 감이여

51명의 충청도 할매들

창비
교육

일러두기

※ 이 책에 나오는 충청도 방언의 표기와 의미는 국립 국어원 사이트의 「표준 국어 대사전」과 '우리말 샘'을 따랐습니다.

※ 위의 두 사전에 등재되지 않은 방언은 해당 할머님께 여쭙고 들은 내용을 정리하였습니다. 현재 충청도에서 보편적으로 쓰이는 용례와 다를 수 있습니다.

할머니들께서
한평생 해 드신 음식들의 요리법을 한 자 한 자 쓰셨습니다.
내가 하면 맛있게 된다는 말씀에 은근한 자부심이 묻어납니다.

청소년들은 그림을 그렸습니다.
요리 과정을 단계별로 다시 정리하고,
할머니 모습도 꼼꼼히 살펴 그렸습니다.

여기에
할머님들의 구술 이야기를
봉사자와 사서 들께서 채록해 주셨습니다.

좀처럼 만나기 힘든 여러 세대가 모여 만든
충청도 할머니의 한평생 손맛 이야기를 전합니다.

1부

김치와 장아찌

이 나이쯤 되면 대충 눈대중으로 담궈두
난리가 나게 맛있는 겨

2부

국, 찌개와 반찬

요리는 레시피를 따르는 것이 아니라
감으로 하는 것이여

3부

요리

손이 가도 애들 멕일 거는 힘든 줄도 물러

4부

간식

떡은 아무래두 한 짐이 나가야 쫄든한 거

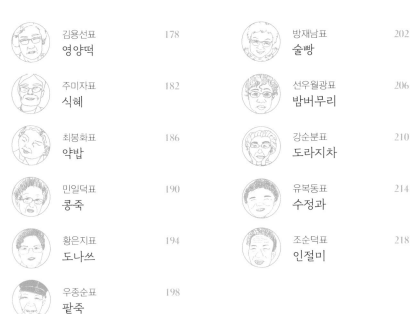

1부

김치와 장아찌

이 나이쯤 되면
대충 눈대중으로 담궈두
난리가 나게 맛있는 겨

이 순 례표
질경이장아찌

1946년생 | 충남 천안

9남매의 맏이로 태어나 동생들 키우느라 공부를 못 했다. 아버지는 서울로 일 가시고, 어머니는 시뻘건 민둥산에서 나무를 하셨다. 얼마나 공부하고 싶었는지 말도 못 한다. 학교 안 보내 준다고 울고불고했지만 소용이 없었다. 아버지가 아들 낳았다고 좋아하시는데, 나는 동생들 때문에 공부를 못 하게 되니 짜증이 나서 대추나무 밑에 동생을 놓고 대추를 떨기도 했다. 동생을 업고 학교 교실 뒤쪽 바닥에 앉아서라도 배우려고 했는데 아기가 가만히 있지를 않으니 이틀 다니다가 그만두었다. 생수 공장에서 오래 일하며 자식들을 다 가르쳤지만 몸이 많이 상했다. 허리가 아팠는데 공부하러 다니며 다 고치고 키도 커졌다. 병원에 가도 필요한 것 다 잘 찾고 면사무소에 가서도 혼자 해결할 수 있으니 너무 감사하다. 아들이 캐나다에 있는데 쓸 수 없던 편지도 쓰게 되었다.

먼 길 가는 아들에게 들려 보내는 장아찌

짱아찌*는 누구한테 배운 건 아녀. 그래도 뭔 짱아찌든지 다 잘한다고 사람들이 그러대. 질경이*, 취나물, 더덕, 도라지, 무수*, 안 한 거 없어. 열댓 가지 돼. 곰삭으니께 너무 맛나. 동네 사람들 주면은 환장하고 먹어. 이러다 짱아찌 할매 되겄어. 질경이는 씨 훑어다가 가을에 집 밭에다 뿌려 놓으믄 봄에 나와. 이게 우수운 것 같아도 귀한 거여 사도 못 해. 쌩으로는 못 허고 삶아 갖구 끄득끄득 말려 갖구 단지에 묻고서 꼬치장*을 넣고 하믄 되지. 간은 꼬치장 간 그냥 박는 거여. 맛보기로 접때 누굴 줬더니 어떻게 담궜냐고 물어봐. 꼬치장이 맛있어서 맛있다고 혔지.

맛있는 것을 허면 늘 자식만 생각나. 얼른얼른 해 보내고 싶어두 애들이 밴쿠버에 있으니 이고도, 끌고도 못 가제. 방법은 비행기에 실어 보내는 건디 물기가 있으면 다 안 된다고 허니께 짱아찌만 담굴밖에. 그나마 짱아찌는 변하지 않아서 암말두 안 허드라구. 아들이 아버지 임종을 못 지켜 갖구 올해 제사에 왔지. 질경이 짱아찌 말고도 여러 짱아찌를 해서 먼 길 가는 아들 들려 보냈어. 그냥 보냈으면 울매나 섭허겄어.

※ 짱아찌: 장아찌   ※ 질경이: 질경이
※ 무수: 무   ※ 꼬치장: 고추장

질경이 장아찌

1. 질경이를 뜯는다.

2. 대가리를 자르고 씻어서 삶는다.

3. 꾹 짜서 널어서 물기가 꼬독하게 말린다.

4. 간장에다가 고추장을 넣고 물그름하게. 섞어서 항아리에 넣고 돌로 누른다.

5. 보름 있다 꺼낸다.

6. 먹기 전 파. 마늘, 깨소금, 엿 조금 넣고 무친다.

요리 팁: 기름 좀 느면 빤딱빤딱 윤기가 난다.

①파 마늘 조청 깨소금
고추장 간장

©송정민

❶ 질경이를 뜯어 대가리를 자르고 씻는다.
❷ 씻은 질경이를 삶는다.
❸ 질경이를 꼭 짠 뒤 널어서 물기를 말린다.
❹ 질경이에 간장, 고추장을 넣고 묽게 섞는다.
❺ 항아리에 넣고 돌로 눌렀다가 보름 후 꺼내어
먹기 전에 파, 마늘, 조청, 깨소금을 넣고 무친다.

김연숙표
다시마 물을 넣은 총각김치

© 우화권

1957년생 | 전남 해남

나이 차가 많은 오빠들은 서당에 다니고, 언니는 맏딸이라 가르쳤고, 막내는 막내라고 가르쳤다. 가운데 낀 나만 배우지 못했다. 결혼해서 지금까지 직장 생활을 하다 최근 퇴직했다. 처음 두세 달은 정말 좋았지만 집에만 있으니 답답해서 딸의 권유로 한글을 배우기 시작했다. 사고로 오른손을 다쳐서 왼손으로 글씨를 쓴다. 연필이 자꾸 흔들리니 글씨를 너무 못 써서 포기하고 싶을 때도 있다. 그래도 공부 끝나면 밀린 숙제도 하고 글씨도 끼적거리며 보낸다. 지금은 아들이랑 함께 살면서 아침에는 자전거도 타고, 화초도 기른다. 내가 살아온 이야기는 팍팍해서 괜히 눈물만 나고, 쓰고 싶지 않다. 대신 자녀들에게 항상 건강하고 화목하게 살라고 응원하는 편지를 써 보고 싶다.

총각김치의 비법은 다시마 물

친정엄니가 요리를 뭐든지 잘허셨어. 간장 같은 거 다 담구셨지. 손수 엄니가 허는 걸 옆에서 눈요기로 보기만 허고 배우진 못혔어. 커서는 직접 담궈 먹어야 되니께 물어보고 한 겨.

총각김치는 언제 먹어도 괜찮혀. 그려두 가을무로 해 먹어야 젤루 맛있지. 지금은 하우스서 하니께 사철 나오지. 예전에는 봄에 심그면 여름에 먹었어. 봄에 심거 좀 크면 동*이 올라서 꽃이 펴. 늦게 거두면 심줄* 같은 게 생겨서 억셔 못써. 내 나름으로 비법을 맨들어서 뭔가 넣어 봐야것다 혀서 다시마를 쌂아서 그 물을 좀 넣어 본 겨. 물 다섯 컵에 다시마 네 쪽 넣고 졸여서 총각김치 양념에 늫어. 알타리 다듬잖어. 그 잎사귀 있는 데 옆에를 뺑뺑 돌려서 오려야 혀. 귀찮은 사람은 그거 안 자르고 그냥 허드라고. 그러면 먹을 때 지저분허지. 애들이 알타리를 좋아혀. 우리 둘째 사위가 알타리를 엄청 좋아허니 내가 많이 해 줘. 가을이면 서른다섯 단씩 담궈. 왜냐면 우리 먹어야지, 다섯 집을 나눠야 하니 워쪄.

* 동: 꽃이 피는 줄기   * 심줄: 힘줄

다시마 물을 넣은
총각김치

1. 알타리는 소금물에 푸욱 절여 놓고

2. 다라*에다 마늘, 생강, 당근, 대파,
   멸치액젓, 죽, 뉴슈가, 다시마,
   청양고춧가루, 일반 고춧가루 섞어
   양념을 만든 뒤에

3. 알타리에 버무린다.

4. 가을에는 20일 정도 묵혀야 맛있다.

---

* 다라: 대야

① 알타리 3단을 다듬는다.

② 소금물에 절여 놓는다.

③ 다시마 물과 재료를 섞어 양념을 만든다.

④ 양념과 알타리를 섞어 버무린다.

⑤ 통에 넣고 랩을 씌운다.

⑥ 가을에는 20일 정도 묵혀서 익힌다.

이경분표

양배추물김치

1948년생 | 충남 천안

아들 둘, 딸 둘의 막내였다. 오빠한테 혼나고 언니한테 혼나니 어릴 때부터 많이 울어서 '울래미'로 불렸다. 천안에서 나고 자랐고, 지금 살고 있는 목천으로 시집와 아들 둘, 딸 하나를 두었다. 남편은 인물이 좋았지만 가부장적이었다. 일찍이 병이 나 오랫동안 병 수발을 들게 하더니 10년 전에 떠났다. 친구도 별로 없고 곧이곧대로 산다. 애들한테도 노름하지 마라, 술 먹지 마라, 착하게 살아라 하다 보니 엄마 말대로 자라 줬다. 막내아들이랑 살고 있는데, 아들이 집에만 있으면 심심하니 공부를 해 보라고 권해서 한글 공부를 시작했다. 공부하러 오지 않는 날은 살림하고 반찬 만드는 취미로 지낸다. 글씨는 그럭저럭 쓰는데 읽으려면 어렵다. 덮어놓고 쓰기보다는 글 내용을 이해하고서 써야 머릿속에 들어가고 배우는 재미가 있다. 선생님이 상냥하게 잘 가르쳐 주셔서 공부하는 게 좋다.

오늘 담가 내일 먹는 양배추물김치

요리는 배운 거 읎어. 내가 스스로 핸 겨. 양배추물김치
요거도 내가 혔지. 식당 장사를 했었으니께 이걸 담궜지.
절일 것도 없고, 다듬어 툭툭 잘러서 국물에 간 맞춰 기냥
부어 두니깐 담구기도 쉬워. 식당 헐 때 밭이 있어서 양배추
쪼금 키워 봤지. 크긴 크는디 벌레가 잘 먹어. 소독을 많이
해야 혀. 양배추물김치를 자박자박 담구면 새콤혀. 음청
맛있어. 아삭거리구 오이 맛두 나지. 너무 맛있어서 옆집에
줬더니 그것만 퍼먹었는지 배탈이 났대. 맛있어서 줬는디
속상혔지. 나중에 알고 보니 양배추는 성질이 차서 위장이
안 좋으면 설사를 하나 벼. 나는 국시*에도 말아 먹구 냉면
에도 말아 먹는디 괜찮혀.

양배추는 절이지 말구 그냥 멀겋게 밀가루 끓여서 고춧
가루 풀고 갖은 양념만 간을 쎄게 해서 부어 놔. 하룻밤 두면
새콤새콤해져. 금방 허니 좋아. 풀 국*이 들어가서 익잖여.
오늘 저녁에 가서 해 봐. 낼 아침에 먹을 수 있어.

※ 국시: 국수　　　　　　　　　　※ 풀 국: 풀

양배추물김치

1. 양배추, 무, 오이를 넙적넙적 썰구

2. 여기에 소금으로 약간만 절이고 물에 헹군후
   소쿠리에 받친다.

3. 주먹만 한 감자를 썩썩 강판에 갈아 풀 국을
   끓여 체에 받치고

4. 물고추*, 마늘, 생강도 같이 갈아 체에 받치고

5. 절인 양배추를 아까 간것들과 풀 국을 넣고
   버무린다.

6. 하루 정도 숙성시킨다.

---

* 물고추: 마르지 않은 붉은 고추

❶ 양배추 1개, 무 1개, 오이 3개를 넓적넓적 썬다.
❷ 소금을 넣고 20분 절인 뒤 물에 헹궈 소쿠리에 받친다.
❸ 주먹만 한 감자 2개를 강판에 갈아 풀 국을 끓인 뒤 체에 받친다.
❹ 물고추 1개, 마늘 1개, 생강 1개를 같이 갈아서 양념을 만들어 체에 받친다.
❺ 양배추, 무, 오이에 풀 국을 넣고 양념을 부어 버무린다.
❻ 하루 숙성시킨다.

명옥선표
열무김치

1947년생 | 충남 청양

©송경민

　어릴 때 할머니, 엄마, 아빠, 남동생 하나, 여동생 둘하고 살았다. 할머니는 '명옥선'이라는 이름이 있는 나를 항상 '지지배'라고 불렀다. 지지배는 가르쳐 봐야 남 좋은 일 하는 것이라며 학교에 보내지 않아 공부할 시기를 놓쳤다. 공장에도 다니고 집에서 일도 돕다가 스물다섯 살, 그때로는 늦은 나이에 선봐서 결혼했다. 좋아서 하는 거 없이 부모가 시키는 대로 시집와서 이제 애들 다 여의고 남편이랑 둘이 산다. 딸이 한글 공부 하는 곳이 있다기에 알아보라고 해서 오게 됐다. 학교에서 내주는 숙제도 하고 복지관 노래 교실도 다니고, 텔레비전 연속극 보고 하는 게 재미다. 공부가 안 될 때는 안 한다. 책을 보고 읽고 그러는데, 막히면 책도 마냥 덮어 둔다. 한 자리 쉬었다가 다시 펴서 보면 없던 재미도 난다. 꾸준히 배우고 익히는 게 작은 소망이다.

여름에 최고인 열무김치

열무김치는 엄니 허는 거 어깨너머로 보고 시집와서 고런 식으로 담궈 먹고 그랬지. 시집오기 전에는 농사지니께 거들고 심부름도 많이 혔어. 엄마가 밭에서 늦으믄 저녁밥도 하고 그랬지. 엄니 말씀처럼 여름엔 열무김치만 헌 게 읎었어. 올해 첨 알았는디 열무가 열을 식혀 준다는 걸 보믄 역시 여름엔 열무김치가 최고여.

돼지파라고 팔어. 마늘마냥 생긴 거 있잖여 왜. 그거 늫으믄 더 시원하다고 그러드라구. 여름 되면 졸도 넣지. 충청도서는 부추를 졸이라고 허지. 열무는 풋내 나니께 살살살살 혀. 봄에는 이틀 저녁 지나도 안 쉬는데 여름은 하룻저녁만 지나도 쉬어 버려. 다서여섯 단 담궈 가지구 딸 주구 며느리 주구 하면은 읎어. 며느리도 직장 다니니께 김치 담굴 시간 읎어. 그냥 쪼금 남겨 놓고 다 주는 겨. 내가 해 주니께 김치 담아 주겄지 하고 믿거니 허지. 김치 담궈 보믄 딴 사람 하는 거 쉽게 허는 것 같어두 내가 해 보믄 어려워. 그만큼 시간 걸리고 똑같이 나오질 않어. 싱거울 때도 있고 간이 쫌 잘 맞으면 맛있고. 싱겁다고 소금 늫다 보면 짜. 많이 해 봐야 혀.

열무김치

1. 열무를 뚝뚝 잘라 10분 절인다.
2. 쪽파, 돼지파, 찹쌀 풀, 청양고추고춧가루를
3. 쪼물쪼물 버무린 후 소금을 솔솔 넣으며 간을
   맞춘다.
4. 미원도 커피 수저로 반 숟갈.
5. 양파까지 시원하게 넣으면 끝난다.

 ※ 겨울에는 양파를 넣지 않는다.

❶ 열무를 다듬어 소금에 10분 절인다.

❷ 열무에 마늘 2개, 생강 3분의 1개를 넣는다.

❸ 청양고추 5개, 고춧가루 2컵, 쪽파 반 단, 돼지파 1주먹, 찹쌀 풀 1공기를 넣고 양념을 만든다.

❹ 열무에 양념을 넣고 조물조물 섞으며 소금으로 조금씩 간을 맞춘다.

❺ 미원을 커피 숟가락으로 반 숟갈 넣는다.

❻ 양파 2개까지 시원하게 넣으면 열무김치 완성! 겨울에는 양파를 넣지 않는다.

장인순표

오이소박이

1944년생 | 광주광역시

©박지우

 밑으로 남동생 넷이 있었다. 학교를 가고 싶었으나 육성회비 때문에 공부하겠다는 말을 못 했다. 스물두 살에 얼굴도 못 보고 선봐서 천안으로 시집을 왔다. 원래 고향은 광주이지만 60년 넘게 충청도에 살다 보니 여기 사람이 다 되었다. 사투리도 충청도 말로 나온다. 돈 벌려고 부산에서도 살았고, 이곳저곳 돌아다니며 30년 넘게 논농사, 양계장, 식당 일 등 안 해 본일이 없다. 그래서인지 양쪽 무릎 관절 연골이 다 닳아 버리고 고장 나 수술을 했다. 그래도 김장은 다 하고 산다. 2남 3녀를 두었는데 큰딸이 큰 사고를 당해 몸이 불편해진 것이 평생의 한이고 아픔이다. 평일에는 한글 공부하러 다니고 주말에는 경로당에 가서 식사 당번도 하면서 강아지 두 마리를 키우며 지낸다.

끓는 물에 담갔다 만드는 오이소박이

　이건 30년 넘게 식당 일 허면서 내 비법으로 만든 겨. 오이 같은
거를 소금에만 재서 담구믄 얼마 못 가서 쉬고 물르고 그런디 나는
그리 안 혀. 오이를 안 잘른 상태에서 소금물에 담궈 놔. 오늘 할라면
그 전날 저녁에 담구고 뭘로 딱 눌러. 그러고서 담날 아침에 건져서
짤라. 오이를 십자로 갈러. 끝에 까지 짤르믄 안 돼. 나중에 양념
넣으면 속이 다 빠지고 으스러져 버리잖어. 다라에다가 오이 늫고
팔팔 끓는 물을 들이붜. 한 3분 있다가 다시 건져. 그러고선 찬물에
5분 정도 담궜다가 소쿠리에다 받쳐. 이대로만 만들믄 안 물르고
두 달을 두고 먹어도 아삭아삭하고 맛있어. 김장 김치 전년도에
한 건 쉬어 버려서 손이 안 가잖여. 오이는 그때그때 있으니까 먹을
만침 하믄 무르지도 않고 쉬지도 않고 아주 맛나. 밥맛 없을 때 그거
하나 끄내 갖고서 물 좀 붜서 쓸어 갖고 먹어 봐. 뭐이고 조금씩 해
보믄은 나중에 생각이 나고 위력*이 나는 겨. 시방은 옛날 같지 않고
미련허지 않고 을매나 좋아. 마트 가면은 을매나 잘해 놔.
시방은 심들게 살 필요가 없잖여. 그래도 가끔은 엄마 손맛이 먹고
싶지. 그려서 김장할 때 400~500포기 혀. 손녀딸까지 해 주지.
예닐곱 집이 가져가.

* 위력: 이력

오이소박이

1. 소금물에 두 시간 절여 놓는다.

2. 오이를 십자로 자른다.

3. 팔팔 끓는 물을 부어서 3분 정도 넣었다가
   바로 꺼내서 찬물에 5분 정도 넣는다.

4. 부추, 당근, 양파, 마늘, 설탕, 깨, 고춧가루로
   양념을 만들어 십자로 자른 곳에 속을 넣는다.

5. 냉장고에 보관하면 다 먹을 때까지 무르지 않고
   맛있다.

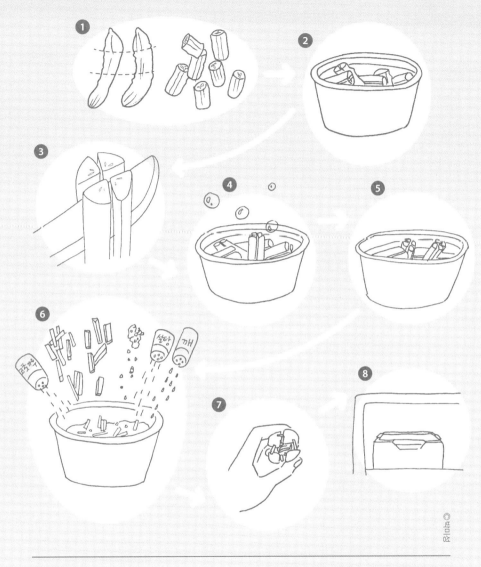

❶ 오이를 3등분으로 자른다.

❷ 소금물에 2시간 절인다.

❸ 오이를 1센티미터만 남기고 십자로 가른다.

❹ 오이에 끓는 물을 넣어서 3분 정도 둔다.

❺ 다시 오이를 찬물에 5분 정도 넣는다.

❻ 채소와 양념을 섞어 소를 만든다.

❼ 십자로 가른 곳에 속을 넣는다.

❽ 냉장고에 보관하면 먹을 때까지 무르지 않는다.

이묘순표
통배추겉절이

1939년생 | 충남 천안

    남편 보필하고 자식 키우는 게 여자 할 도리라는 소리를 귀가 따갑게 들으며 학교 문턱을 넘지 못했다. 스물다섯 살에 선을 봐 얼굴도 못 보고 10리 떨어진 곳에 있는 신랑에게 시집왔다. 시집은 벼농사가 60마지기*나 있어 친정보다 훨씬 부자였지만 못 배운 농사꾼 남편이 내키지 않았다. 소마차 끌며 벼농사와 보리농사를 지었다. 일하고 밥해 먹고 시부모님 바지저고리 빨래하고 바느질하며 주변에서 진국이라고 부르도록 우직하게 살았다. 5남매를 두었는데 애들 사랑할 새도 없이 키웠다. 남편과 20여 년 전에 사별하고 자식들은 모두 출가시키고 나니, 나이가 먹었고 이제야 시간 내서 공부하러 온다. 한글 공부도 하고 숫자 공부도 하고, 시간 될 때마다 복지관 봉사 활동도 한다. 그래서인지 아픈 곳 없이 건강하다. 글을 배운 뒤에 군대 간 손주에게 편지를 써 보낸 것이 너무 기뻤다.

---

* 마지기: 볍씨 한 말의 모 또는 씨앗을 심을 만한 넓이. 지방마다 다르나 논은 150~300평

감으로 드글드글 무쳐 먹는 통배추겉절이

통배추겉절이는 어렸을 적부텀 먹었던 엄마표 김치여. 허연
쌀밥 위에 척 걸쳐 먹으믄 울매나 맛있는지, 아직도 생생혀. 지금은
먹구 싶어두 못 먹지. 그 손맛 생각허면서 자식들헌티 반찬으로
해 주는 겨. 적당히 절인 배추가 참말루 맛있지. 그냥 시골 농사지믄서
일하다 먹을 거 없으믄 밭에서 뽑아다가 드글드글 무쳐서 먹는 거여.
맏며느리라 일꾼들 새벽밥에 새참까지 하루 다섯 끼를 해다 먹였제.
등에는 애 업고 머리에는 음식 광주리 이고 매일같이 논에 갔응게. 내가
반찬 헐 때 옆에서 보믄서 애들은 그냥 집어다 먹고 "엄마, 맛있어
맛있어.", "엄마, 최고여 최고여." 혀. 자식들 모두 출가허고 멀리 떨어져
살어. 직장 다니고 각자 사니라 바뻐서 명절 때나 봐. 애들만 잘 살믄 돼.
통배추는 속이 노랗구 꽉찬 놈으로 골러. 시골집 살 때는 텃밭에
키워 먹었는디 단독 주택으로 이사 오니께 옥상 우에 대파나 쪽파 같은
거 심어서 조금씩 필요할 때마다 뜯어 먹는 겨. 고추두 옥상에서 키운
고추로 혀. 가을에 뻘겋게 고추가 익으믄 따서 말려. 말린 고추는 보드랍고
매콤혀. 배추는 가을에 나니께 겨우내 저장해 먹어. 김장 김치 먹기가
지겹고 시들해질 때 겉절이를 해 먹는 겨. 봄이 되면 봄동으로 겉절이를
해 먹으면 맛있지. 양념 비율을 잘 맞춰서 간을 맞춰야 혀. 우리는
적으믄 적은 대로, 많으믄 많은 대로 감으로 혀.

통배추겉절이

1. 배차*를 듬성듬성 넌칠넌칠* 썰어 소금으로
   쓱쓱 절인다.
2. 양념은 고추, 다진 마늘, 돼지파, 다진 생강
   까나리액젓을 넣고 믹서기에 쌩 간다.
4. 절인 배차를 헹궈 소쿠리에 받쳐 양념과 같이
   버무린다.
5. 대파를 송송 썰고 간이 안 맞으면 매실액 1컵을
   넣고 또 버무린다.

※ 너무 절이면 배추가 질겨진다.

─────────────────────────────────

* 배차: 배추
* 넌칠넌칠: 어숫어숫, 먹음직스럽게 보이는 크기로

❶ 배추 1포기를 먹기 좋은 크기로 듬성듬성 길게 썬다.

❷ 큰 양재기에 썬 배추를 넣은 뒤 소금을 뿌리고 1시간 절인다. 너무 절이면 배추가 질겨진다.

❸ 빨간 고추 15개, 다진 마늘 3숟갈, 까나리액젓 2숟갈을 넣고 믹서기에 갈아 양념을 만든다.

❹ 절인 배추를 물에 헹구고 물을 뺀 뒤에 양념과 같이 버무리면서 대파 2개를 썰어 넣는다.
　　간이 안 맞으면 매실액 1컵을 넣는다.

정정희표

참외장아찌

1947년생 | 충남 부여

ⓒ이기훈

　딸이어서 학교에 다니지 못했다. 간판도 못 읽어 답답하고 힘들었다. 텔레비전 볼 새도, 이웃집 마실 갈 시간도 없이 항상 바쁘게 산다. 집에서 청소하고 밥해 먹고, 들에서도 일하고 장날에는 장에 가서 물건도 판다. 아저씨랑 둘이 사는데 막내아들이 가끔 주말에 와서 일을 많이 도와준다. 친구들이 일을 열심히 한다고 '억척이'라고 부른다. 지금도 일거리가 많지만 도서관에 다니면서 공부를 해서 너무 즐겁다. 학교에 오는 날이 내가 쉬는 날이다. 자식들에게 공부한다고 자랑했더니 엄마 훌륭하시다고 칭찬해 줬다. 그런 자식들에게 열심히 배워서 편지를 써 주고 싶고, 책도 이것저것 읽어 보고 싶다. 좋아하는 노래도 「똑똑한 여자」다. 글자가 안 외워질 때는 이리저리 추리해 가며 공부도 한다. 받아쓰기할 때 모르면 답답하지만 수업 시간이 가는 게 늘 아쉽다.

못 먹는 새파란 참외로 만든 참외장아찌

참외장아찌는 내가 잘허는 요리고 자식들한테도 많이
해 주구 동네 어르신들에게두 잘 대접허는디 맛있게들 잘
드셔. 요리허는 걸 원래 좋아혀서 머리를 써서 이걸 만들어
봤제. 참외장아찌는 노란 것은 두구 새파란 것을 따서 배를
갈러서 만들어. 노란 참외는 다 따 먹구 새파란 참외는
못 먹으니 그걸루 장아찌를 딤궈 먹으면 좋겠다고 생각한
겨. 한번은 새파란 참외를 따러 갔는디, 참외 하나에 구멍이
뻥 뚫린 거여. 그래서 참외를 따서 반으로 갈라 본께 속에
벌레가 들어서 깜짝 놀랐지.

참외 껍질은 안 벗겨야 꼬들꼬들 허니 맛있어. 장아찌
박을 땐* 장아찌가 너무 마른 상태여도 안 되고 물기가
있으면 벌레가 생기니께 잘 맞춰서 해야 햐. 소금 간혔다가
참외를 햇볕에 꺼내서 말리는디 이러믄 벌레가 잘 안 생겨서
좋아. 참외장아찌는 여름에 식구들과 많이 먹고 시시때때
밑반찬으로 해두 좋아.

---

* 장아찌 박을 땐: 장아찌를 만들려고 장 속에 재료를 묻을 때에는

참외장아찌

보통 크기 참외 3쪽, 왕소금 4수저, 고추장 2국자, 진미 간장
종이컵 2컵, 물엿 1수저, 마늘 커피 수저 1, 쪽파 커피 수저 1,
깨소금 커피 수저 1, 고춧가루 커피 수저 1

1. 참외를 반 갈라 씨를 긁어내.
   껍질은 안 벗겨야 꼬들꼬들 해.

2. 긁어 낸 곳에 왕소금을 채워 2일 동안 숨이
   죽게 돌로 눌러놨다 꺼내서 햇빛에 살짝 말려.

3. 참외를 말리는 이유는 벌레를 없애기 위해서야.

4. 고추장 좀 깔아 놓고 참외 놓고 진미 간장 넣고
   고추장으로 덮어 망으로 덮고 돌로 눌러.

5. 2-3개월 뒤에 참외를 꺼내서 씻어.

6. 착착 썰어서 물엿에 10분 재 놨다가 꼭 짜.
   깨소금, 빻은 마늘, 쪽파, 고춧가루 넣고
   주물주물 주무른다.

❶ 참외를 껍질째로 반 갈라 씨를 긁어낸다.

❷ 긁어낸 곳에 왕소금을 채워 2일 동안 숨이 죽게 돌로 눌러둔다.

❸ 참외를 꺼내 햇볕에 말린다.

❹ 고추장을 깔고 참외를 넣고 간장 2컵을 넣고 다시 고추장으로 덮어 망을 얹고 돌로 눌러둔다.

❺ 2~3개월 뒤에 참외를 꺼내서 씻는다.

❻ 참외를 썰어 물엿에 10분 재었다가 꼭 짠다.

❼ 깨소금, 다진 마늘, 쪽파, 고춧가루를 넣고 섞는다.

정철구표

무장아찌

1945년생 | 충남 예산

딸만 줄줄이 있는 집이어서 아들 낳으려고 내 이름을 남자 이름으로 붙였다. 할아버지께서 서당 선생님이었는데도 여자가 배우면 시집가서 편지질 하느라 시집살이가 소홀하다며 가르치지 않으셨다. 학교 안 간 애들을 위해 연 동네 야학에 몰래 갔다가 할아버지께 잡혀 오기 일쑤였다. 학교 보내 달라고 울고불고 떼를 쓰니 방에 가둬 놓기까지 했다. 5남매 중 여자 형제들은 모두 글을 못 배웠다. 결혼해서 나도 5남매를 낳았는데 내가 못 배우다 보니 자식들은 어떻게든 가르치려고 별걸 다했다. 엄마 같이 못 배운 사람 무시하지 말라고, 늘 봉사하며 살라고 해서인지 은행에서 일하는 큰 딸도 나같이 글 모르는 아줌마들 글도 다 써 주며 일한다고 한다. 애들이 어릴 때는 엄두를 못 내다가 이제야 공부를 시작했다. 맨날 잊어버려도 다시 다 가르쳐 주시는 선생님 덕분에 감사히 공부한다.

동치미 무로 만드는 무장아찌

　친정엄니께서 요리를 잘허셔서 무장아찌를 가르쳐
주셨는디 그 맛을 흉내 내고 싶어서 혼자서 무장아찌를 해
봤었어. 근디 내가 만든 맛을 보시더니 별로였는지 잘 만들라
혼을 내셨지. 어머니헌티 칭찬 받을라구 열심히 시도혀서 성공
했어. 시집을 가서도 시아버지, 시어머니 해 드렸지. 말로 칭찬은
안 허셔도 맛있게 드시더라구. 동지미 담궈서 먹고 남으믄은
버리기가 아깝잖여. 가만 생각하다가 이걸 물에다 울궈서* 말린
다음 간장 끓여 붓구 한번 해 봐야것다 혔지. 그러면 장아찌가
그렇게 맛이 괜찮게 되드라구. 봄이고 여름이고 노상* 먹지.
　동치미 무를 반 딱 갈라 가지구 물이다 하루 담궜다가 이튿날
볕 나면 배꺝*에다 늘어놨다가 그날 저녁에 보재기다 싸서 벽돌을
눌러 놔. 물 쪽 빠지게. 안 빠지믄 간장 끓여 붜두 곰팡이가 나. 물이
있으면 그랴. 우리 애덜이 그렇게 장아찌를 좋아햐. 손자들이
할머니 무장아찌가 최고라고 햐. 밥맛 없을 때 물 말아 가지구
한 숟갈 떠서 장아찌 올려놓고 먹으믄 기가 맥혀. 골파*김치도
담궈서 주믄은 "어머니, 시상에 왜케 맛있는 규, 그것만 먹었더니
속이 다 시려유." 해. 쪽파가 이 동네선 골파여. 골파 다듬기 힘들
어도 텔레비전 봐 가면서 햐. 애들 준다는 그걸루 괜찮여.

※ 울궈서: 우려서　　　　　　　　　※ 노상: 언제나 변함없이 한 모양으로 줄곧
※ 배꺝: 바깥　　　　　　　　　　　※ 골파: 쪽파

41

무장아찌

1 다먹지 못한 동치미의 무를 물에 담근 뒤
  말려 준다.

2 아직 물기가 남은 무를 보자기에 싸서
  더 말려 준다.

3 간장을 끓인 뒤 직접 담근 매실 엑기스,
  설탕을 넣어 준다.

4 단지 안에 끓였던 간장을 부어 주고 말린 무를
  넣는다.

5 숙성 시켜 준다.

① 다 먹지 못한 동치미의 무를 물에 담근다.
② 무를 체에 받쳐 말린다.
③ 아직 물기가 남은 무를 보자기에 싸서 더 말린다.
④ 간장을 끓인 뒤 직접 담근 매실 엑기스, 설탕을 넣는다.
⑤ 말린 무를 단지 안에 담고 끓인 간장을 붓는다.
⑥ 숙성시킨다.

43

조남예표

쪽파김치

1948년생 | 충남 부여

© 이옥미

눈이 커서 어렸을 때부터 내내 왕눈이라고 불렸다. 딸 셋, 아들 하나의 맏이였는데 아들이랑 딸 둘은 가르치고 나만 배우지 못했다. 육이오 전쟁이 나서 배울 시기를 놓쳤고, 전쟁 때 아버지가 돌아가시면서 학교에 갈 수 없었다. 집은 부여에 있는데 직장 다니는 아들 내외 손주를 돌보러 천안에 와 있다. 남들은 손주 보기 힘들다는데 나는 아이들이 너무 이쁘다. 덩달아 내 머리가 총명해지는 것 같아 좋다. 딸도 가까이 살고 가족이 많다 보니 아침이면 전화들이 와서 바쁘다. 공부 못 한 세월을 여태까지 살았으니 이렇게 배우는 좋은 날이 왔다. 공부를 끝까지 배우고 싶고 많이 배우고 싶다. 오래오래 써도 내 멋대로 머릿속에서 생각이 안 날 때가 많지만 하나라도 배워야겠구나 느낀다.

다듬기 힘들어도 참말 맛있는 쪽파김치

서른쯤에 할머니헌티 쪽파김치를 배웠어. 쪽파김치가 김치
중에 젤루 쉽지. 나는 농사를 지니께 쪽파는 씨 뿌려서 농사져
먹지. 계절 상관없이 노상 아무 때나 커. 전에는 봄가을에만 났어.
가을에 심어서 봄에 먹구, 봄에 심어 여름에 먹구. 나는 쪽파
큰 거를 안 좋아혀. 요새는 다른 나라에서 심어 오는 것도 많잖여.
대가리가 진짜 대파처럼 그더라구. 큰 것은 까기는 편한디 맛이
읎어. 우리 영감은 큰 걸 좋아하드만 나는 다듬기 귀찮아도 잔잔한
놈이 좋아. 남들이 힘들다는 자잘자잘 쪽파만 골라서 까구 담궜지.
매울 때는 쪽파를 하나 입에 물구 까믄 눈물도 안 나와.

그전에는 식구 많으니께 석 단, 넉 단 막 담궜어. 우리 손자가
할머니 쪽파하고 할머니 갓김치를 좋아혀. 밥 한 숟갈에 처억
걸쳐 봐. 증말 맛있어. 요새는 영감이랑 둘이 있으니 쪼끔씩 담궈.
오징어채를 두루두루 많이 섞어 먹어. 오이도 섞고, 무말랭이도
넣고, 고춧잎도 넣고, 안 섞어 먹는 거 별루 읎어. 칼국수
같은 거랑 먹으면 참말 맛있지.

날씬한 쪽파김치

1. 째깐한* 쪽파를 30분 절여.

2. 고춧가루 한 사발을 넣구.

3. 말린 오징어채, 고추 잎, 무말랭이, 새우젓,
   매실 엑기스와 멸치액젓을 넣는담께.

4. 큰 양재기에 잘 버무려 이틀만 두어.

---

* 째깐한: 작은

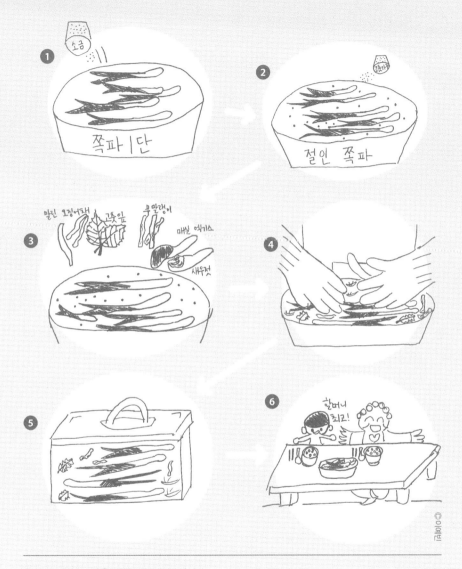

❶ 쪽파 1단에 소금을 넣고 30분 동안 절인다.

❷ 30분 후 절인 쪽파에 고춧가루를 넣는다.

❸ 말린 오징어채, 고춧잎, 무말랭이, 매실 엑기스, 새우젓, 멸치액젓을 넣는다.

❹ 큰 양재기에 재료를 모두 섞어 함께 버무린다.

❺ 2일 동안 숙성시킨다.

❻ 2일 후 꺼내 먹는다.

이유자료

배추김치

1945년생 | 전남 익산

© 구민정

친정은 제법 사는 부자였다. 할아버지는 침 의원을, 아버지는 목포에서
염전을 하셨는데 나는 8남매의 맏딸이었다. 하지만 호랑이 같은 할머니께
서 딸이 글을 배우면 연애편지 쓰고 밖으로 돈다며 학교를 안 보내 주셨다.
내가 학교를 가면 할머니가 데리고 와 버리고, 그렇게 공부를 하고 싶어서
애를 썼는데도 결국 배우지를 못했다. 스물다섯에 시동생 셋, 시누 둘 있는
집에 맏며느리로 시집을 갔더니 막내 시동생이 다섯 살배기였다. 대학교
1학년까지 공부시켰으나, 내 차례는 돌아오지 않았다. 서울로 가서 김치
장사며 별 장사를 다해 자식들 가르치고 시집 장가 보냈다. 운영하던 큰 식
당을 딸에게 물려준 뒤에 다시 충청도로 내려왔다. 이제 여유가 생겨 한글
공부 하러 다니고 초등학교 졸업도 했다. 받아쓰기도 꼭 백 점 받고 며느리
에게도, 딸들에게도 편지를 쓸 수 있으니 너무 행복하다.

홍시를 갈아 넣는 배추김치

우리 집은 다른 집이랑 달러서 아버지께서 요리를 잘허셨어. 울 엄마는 못 혀. 스물다섯에 시집오기 전까정 친정에서 한 번도 밥을 안 해 봤어. 그러다 시집을 갔더니 요리할 줄을 몰라 막막 혔지. 요리는 배워 본 적이 없어. 내가 기냥 나 스스로 혔지. '저걸 어떻게 했을까?' 이럼서 먹어 보믄 알지. 가끔 텔레비전서 하는 거 보고 요리허면 애들이 디비서 보고 허지 말고 엄마 옛날 하는 맛대로 허라고 혀. 내가 허는 게 더 맛있대.

김치 장사도 했으니께 참말루 김치 담구는 건 젤루다 쉽지. 홍시 사 가지고 얼려 놔. 갈아 놓은 감을 넣는 게 비법이여. 우리는 갈치액젓을 많이 쓰고 딴 건 안 써. 변산에 있는 사촌 시동생이 새우랑 잡아서 숙성시킨 거 사다 먹어. 갈치액젓이 제일 맛나. 김장 김치는 그전에는 100포기, 200포기 혼자서 다 혔어. 지금은 식구가 읎으니께 40~50포기 혀. 노인정 좀 담아 주구 동네 나눠 주구 인심도 좀 쓰고 좋은 일도 하는 거이지. 딸 식당도 가서 알타리 김치 100단씩 담궈 주고 그려. 사람들이 김치 담구는 거 보면 다 놀랴. 농사지으니께 배추 모종 사서 심어. 집에서 다 심고 담궈서 먹어. 고추 농사도 다 짓고. 난 아퍼서 쬐금 거들어 주고 아저씨가 다 지어.

배추김치

1. 배추를 소금물에 하룻동안 절인다.

2. 고무대야에 찹쌀 풀, 설탕 조금 넣고
   버무려 준다.

3. 무채, 파, 양파, 마늘, 액젓. 새우젓,
   갈아 놓은 감을 넣고 섞어 준다.

4. 절여 놓았던 배추를 물에 씻어 준 다음 양념을
   잘 발라준다.

5. 숙성시켜 준다

찹쌀가루
반 컵

물 2컵

무채 양파 마늘 액젓 파

감

ⓒ 엄마손

❶ 배추를 반으로 자른 후 소금물에 절인다.
❷ 물 2컵, 찹쌀가루 반 컵을 넣어 찹쌀 풀을 끓인다.
❸ 고무 대야에 찹쌀 풀, 설탕을 조금 넣고 섞어 준다.
❹ 무채, 파, 양파 1개, 다진 마늘, 액젓 반 컵, 새우젓 반 컵, 갈아 놓은 감 하나를 넣고
   설탕 넣은 찹쌀 풀과 섞어 소를 만든다.
❺ 절여 놓았던 배추를 물에 씻는다.
❻ 만들어 놓았던 소를 잘 바른다.
❼ 충분히 숙성시킨 후 먹는다.

51

최열순표

고추장아찌

1948년생 | 충남 서천

©이은주

만딸이라 동생들 뒷바라지 하느라 배움의 즐거움을 맛볼 수 없었다. 스무 살에 부여로 시집와서는 아홉 식구 밥하고 사느라 세월을 다 보냈다. 냇물에 가서 양잿물*로 빨래할 때면 손이 허물어지곤 했다. 최근에는 어린이집에 가서 일을 도와주다가 팔 수술을 한 이후로는 집안일만 한다. 이제 여유가 생겨 공부 좀 해 볼까 하고 알아보다 도서관에서 한글 공부를 할 수 있다고 하여 직접 찾아왔다. 중간부터 한글반에 합류하게 돼서 공부를 따라가는 게 버겁다. 가끔 노래 가사를 글로 적으면서 글씨 공부를 한다. 여럿이 어울리며 배우는 것이 참 재밌다. 더 열심히 따라가서 못다 한 배움의 꿈을 이루고 싶다. 성경을 다 읽어 보고 싶고 큰아들, 막내아들, 딸들에게도 편지를 쓰고 싶다. 오빠 공부시키느라 대학교에 못 보낸 큰딸에게 미안하다는 편지도 쓰고 싶다.

---

* 양잿물: 서양에서 받아들인 잿물이라는 뜻으로, 빨래하는 데 쓰이는 수산화 나트륨을 이르는 말

물 없이 내 식대로 담그는 고추장아찌

이 고추장아찌는 막내며느리가 젤루 좋아하고
둘째 사위도 좋아하고 아들들도 좋아해. 애덜이
잘 먹고 좋아혀서 해마다 담구니께 맛이 늘었지.
지금은 손녀딸도 좋아허구 잘 먹어. 친정어머니헌티
배운 요리들이 있는데, 고추장아찌는 내 식대로
해 봤어. 텔레비서 하는 건 이렵기만 하구 안 맞어.
그래서 어떻게 하는지 대충 보기만 혀. 그러고는
마실 나가서 어머니들 이야기 귀동냥혀서 집에서
내 식대루 해 봤지.

고추는 너무 큰 것 말구 매끈하고 이쁜 놈덜만
골라서 가을에 담궈야 제격이여. 고추장아찌는 물이
안 들어가야 허는 게 중요햐. 소주, 설탕, 식초, 간장만
들어가고 물이 안 들어가니 무르지는 않어. 담궈서
우리 식구들한테 나눠 줘.

고추장아찌

재료: 풋고추 4kg, 소주 큰 것 1병,
간장 큰 것 1병, 원료 식초 3~4수저,
설탕 3대접

1 풋고추를 씻쳐* 가지고 꼬타리를* 반만 잘라서
물을 빠짝 빠지게 바구니에 났뒀다가

2 다라이에* 소주, 간장, 식초를 넣고 설탕을 수북수북하게
넣고 녹을 동안 뒤적거려.

3 플라스틱 통이나 유리통에 양파 자루를 벌려 놓고 고추를
옮겨 담아. 그리고 짬매서* 안 뜨게 돌로 눌러서 놓고
간장을 담아서 그늘에다 한달 정도 뒀다가 먹을 만큼씩
덜어서 김치냉장고에 옮겨 놓고 먹으면 돼.

---

* 씻쳐: 씻어   * 꼬타리: 꼭지
* 다라이: 대야   * 짬매서: 조여 매서

① 소주 식초 설탕

① 풋고추를 씻어 꼭지를 반만 잘라서 물이 빠지게 바구니에 놔둔다.
② 큰 대야에 소주, 간장, 식초를 넣은 후 설탕을 수북하게 넣고 녹을 동안 뒤적거린다.
③ 플라스틱 통이나 유리통에 양파 자루를 벌려 놓고 고추를 옮겨 담아 묶은 뒤 안 뜨게
   돌로 눌러놓고 간장을 붓는다.
④ 그늘에다 한 달 정도 둔다.
⑤ 김치냉장고에 옮겨 놓고 먹을 만큼씩만 덜어서 먹으면 된다.

박산옥표
단무지

1940년생 | 충남 논산

　어릴 때부터 순했다. 집에만 박혀 있고 방에서 나오지를 않아서 엄마가 '얌전이'라 불렀다. 육이오가 나는 바람에 어려서부터 고생을 너무 하고 살았다. 글은 보고 읽을 줄 알았는데 쓰는 것이 어려워 도서관에 다니게 되었다. 지금은 대추 농사, 멜론 농사도 짓고, 수박밭에 가서 일도 한다. 배우고 싶었던 글도 배우고, 친구, 선생님과 함께 소풍도 다니니 좋다. 글을 쓸 수 있게 되니 글을 알기 전 못 해 봤던 새로운 경험들이 켜켜이 쌓이는 게 너무 뿌듯하다. 세상 돌아가는 이야기가 재밌어서 뉴스 보는 것도 즐기고, 큰딸이 시인이라 책을 많이 갖다 놔서 배운 걸로 읽고 싶을 때 꺼내 읽는다. 전쟁 때문에 어려서 고생한 이야기를 담아 글을 써 본 적이 있는데, 이후의 인생까지 담아 내 자서전을 한번 써 보고 싶다. 배움의 취미를 갖게 해 준 자녀들에게 언제나 고맙다.

소풍 때 얻으러 오는 인기 만점 단무지

단무지는 엄니가 옛날부텀 집에서 하시던 거라 그거 배워서 담궜어. 담궈 놓으믄 사람들이 맛있다고 참 잘 먹어. 단무지는 가을무로 담궈서 설 세고 이른 봄에 먹으믄 맛나. 3개월은 익혀야 혀. 밖에서 사 먹는 것보덤 내가 담군 단무지가 더 맛이 좋아. 애덜 소풍 갈 때 김밥에 넣을 단무지 얻으러 아주머니들이 내내 찾아와. 그렇게 맛난 단무지로 정을 베풀어 놨더니만 덕분에 지금은 그분들이 나한테 덕을 베풀어 주셔.

예전에는 무를 농사져서 썼지. 지금은 농사를 안 지니까 사서 해 먹어. 단무지는 무를 3~4일 정도 말려서 해야 혀. 버들버들허게* 말라야 혀. 그래야 안 무르고 맛있어. 무 이파리는 삶아서 무쳐 먹어두 좋아. 단무지야 수시로 밥반찬으로 해 먹지. 식구들이랑두 먹고 친구들이랑두 먹고 그랴.

* 버들버들허게: 물기가 조금만 남아 있는 건조 상태가 되게

판무지

건 단무지용 무 한 접(100개), 소금 세 사발(약 3kg),
쌀겨 한 말(약 10kg), 사카린* 한 숟갈, 노랑 색소
한 숟갈

1. 단무지용 무를 3-4일 말려 무청을 뗀다.

2. 소금, 쌀겨, 사카린, 노란 색소를 버무린다.

3. 항아리에 무를 넣고 버무린 양념 넣고,
   무 넣고 양념 넣는 식으로 켜켜이 쌓아 올린다.

4. 가을에 담아 봄에 먹는다.

---

* 사카린: 단맛이 강한 설탕 대용품

❶ 단무지용 무를 3~4일 말려 무청을 뗀다.
❷ 소금, 쌀겨, 사카린, 노란 색소를 버무린다.
❸ 항아리에 무를 넣고 양념을 넣는 식으로 켜켜이 쌓아 올린다.
❹ 가을에 담가 봄에 먹는다.

김균순표

동지미

1949년생 | 충남 부여

　어렸을 때 학교에 다녔는데 귀가 어두워서 공부를 제대로 하지 못했고, 시집와서 일하다 보니 배웠던 글도 다 잊어버렸다. 4남매 키워 결혼시키고 남편하고 둘이 산다. 예전엔 강아지, 오리, 닭도 키웠는데 이제는 아파서 못 키우게 되었다. 농사일도 하고 밭으로도 일하러 다닌다. 호박고구마 싹을 내 심어서 아들딸 주고 남는 건 팔아서 병원비를 하기도 한다. 70 평생을 살면서 모르는 글자가 너무 많아 답답하기만 했다. 그러던 중 도서관에 다니게 되었다. 한글을 배우면서는 읍사무소에 가서 시키는 일도 잘하고, 은행에 가서 편하게 돈도 찾을 수 있다. 요새는 오토바이를 타고 도서관까지 달려온다. 배우고 싶고, 시도 써 보고 싶고, 공부하는 것 자체가 좋다. 걸어 다닐 수 있을 때까지 나와서 공부하는 게 소망이다.

50년 동안 매년 단지 묻어 담그는 동짓날 동지미

　우리 친정엄니가 동지미*를 잘 담구셨지. 어깨너머로
본 기억이 있어. 근디 엄니가 일찍 돌아가셔서 자라서 혼자
터득해 담궜어. 엄니 때는 동지미에 명태도 늫고 그랬다
더라구. 고구마 삶어 먹을 때 명태를 같이 건져 먹었다는디
지금은 그렇게는 안 혀. 난 솜씨는 읎는데 동네서 동지미는
잘 담군다고 소문이 났어. 그러니 동지미 담굴 때는 나를 불러.
　남편이 동지미를 너무 좋아혀. 50년 동안 해마다 땅에 단지
묻어 동지미를 담궜어. 동지미는 주로 동지 때 겨울에 먹지.
무가 째간허니 중간 걸로 해야 맛있구, 배추는 밭에서 키워
속이 꽉 찬 걸루다 담궈야지. 동지미는 물이 중요혀. 깨끗한
지하수를 써야 혀. 배추는 절이는 게 중요한디 너무 절여도
안 되구 너무 적게 절여도 맛읎지.

* 동지미: 동치미

동짓날 동치미

찜통 박께스* 두 개 무수 가득, 배추, 양파, 마늘 한 되,
주먹만 한 배 2개, 쪽파 되 수 있으면* 많이 〈대파보다 많이〉,
대파 한 단, 서리 올 때 새파란 고추* 한 사발, 소금 빨간 바가지로
한 되. 청각 조금, 뉴슈가 조금, 물 가득 허리 춤까지 오는 큰 항아리

1. 항아리에 무수를 한 채 깔고 그 위에 생배추를 한 채 깐다.

2. 배추보다 무수가 많게 겹겹이 쌓는다.

3. 배. 양파, 마늘, 갓, 청각을 넣는다.

4. 될 수 있으면 맨 위에다 쪽파를 많이 넣고
   대파를 깔고 점벙점벙 넣어 마무리한다.

5. 뉴슈가 조금, 소금 한 갈림* 한 바가지를 물에 타 넣는다.

6. 항아리에 물을 가득 붓는다. 독을 올려 놓는다.

---

* 찜통 박께스: 찜통만 한 바구니   * 되 수 있으면: 될 수 있으면
* 서리 올 때 새파란 고추: 수확할 때까지 자라지 않아 가지에 남아 있는 새파란 고추
* 갈림: 바가지나 그릇에 담았을 때, 위에 산처럼 쌓인 부분을 덜어 낸 만큼

❶ 무를 잘라 항아리에 무를 1겹 깔고 그 위에 생배추를 1겹 깐다. 배추보다 무가 많도록 겹겹이 쌓는다.

❷ 배 2개, 양파, 마늘 1되, 갓, 청각, 고추를 넣는다. 맨 위에다 쪽파를 많이 넣고 대파도 얹는다.

❸ 뉴슈가 조금, 소금 1바가지를 물에 타 넣고 항아리에 물을 가득 부은 뒤 독을 올려놓는다.

2부

국, 찌개와 반찬

요리는 레시피를
따르는 것이 아니라
감으로 하는 것이여

송명예표

소고기미역국

1935년생 | 충남 예산

    친정은 밭농사, 논농사를 지었다. 5남매였는데 오빠, 나, 밑으로 남동생들, 여동생이 한 상에서 밥을 먹었다. 공부하고 싶었지만 가정 형편이 어려워 남동생들만 학교에 보냈다. 열아홉에 한 살 많은 남편과 결혼해 2남 2녀를 키우며 가정주부로 살았다. 남편은 외아들이라 고등학교 3학년으로 학교를 다니던 중에 일찍 장가를 왔다. 시어머니는 내가 출산을 하자 한 달 동안 밥을 해 주셨다. 그런 시어머니가 없었다. 산후조리를 잘해서 지금도 아픈 데가 없다. 시어머니가 살아 계셨으면 업고 다닐 것 같다. 남편은 나이 팔순에 돌아가시고 지금은 나 혼자 산다. 자식들은 다들 멀리 살고, 서른 살 먹은 손주가 공기 좋은 곳에 아파트를 사 주었다. 나이가 들어 소원하던 공부를 하기 위해 교육원을 찾았다. 좀 더 일찍 배웠으면 좋았을 텐데 나이가 들어 배우려니 자꾸 잊어버려서 속상하다.

늘 끓여 먹어도 질리지 않는 소고기미역국

미역국은 역시 소고기미역국이여. 옛날에는 생일
아니믄 고기는 눈 씻고두 못 봤지. 옛날에 이렇게 소고기
가 어딨었어. 소 하니께 생각이 나는디, 우리 집 소가
한번은 새끼를 낳았는디 남편이 션찮아서 내가 끌고 가
서 5만 원에 판 적 있어. 돈은 물러. 으른들 드렸으니께
어따 썼는지는 모르지. 그 생각만 허면 웃음이 나.

영감 생일, 손주 생일, 식구들 생일 때마다 정성스레
미역국을 끓이지만 질리지 않아. 미역 조물조물 빨아서
듬성듬성 썰어서 기름에 볶아. 내가 혼저되서 나와 사니
수수하게 먹고 살어. 미역국을 요즘 잘 해 먹지. 제일
편혀. 한 이틀은 먹어. 신경 쓸 것도 아무것도 읎서.
아무거나 늫고 끓이면 맛있어.

소고기미역국

1. 미역을 담궈서 조물조물 주물러 빤다.

2. 소고기를 넣고 기름을 넣어 볶는다.

3. 미역을 넣고 볶는다.

4. 물 붓고 끓인다.

✵ 요리는 레시피를 따르는 것이 아닌 감으로 하는 것이다.

소고기

마늘

미역

참기름

❶ 물 4대접, 불린 미역, 국거리 소고기 150그램, 마늘, 참기름을 준비한다.

❷ 미역을 조물조물 주물러 빤다.

❸ 냄비에 자른 소고기와 참기름 4방울, 마늘 1숟갈을 넣고 볶은 뒤 미역을 넣고 볶는다.

❹ 물을 붓고 끓인 뒤 소금과 후추로 간을 한다.

ⓒ이미정

신 혜 운 표

소고기육개장

1941년생 | 충남 홍성

　시골에선 농사밖에 없으니 우리 집도 어려서부터 농사를 지었다. 형제
는 6남매였는데 내가 딸 중 셋째였고 내 밑으로 남자만 셋이었다. 지금은
아들 필요 없다지만 그때는 아들 낳았다고 좋아하던 시절이었다. 남자들
은 잘 가르쳤고 딸들은 가르치지 않았다. 입학 통지서도 나왔는데 학교에
못 갔다. 모두 공부시킬 살림이 아니기도 했고, 계집애들은 공부하면 못쓴
다고들 하는 때였다. 결혼해 서울에서 살다가 천안에 내려온 지 20년이 되
었다. 젊어선 직장에 다녔고 2남 2녀 키우며 남편 내조에 힘썼다. 지금도
남편과 둘이 산다. 혼자보다는 훨씬 낫지만 맘대로 돌아다니고 싶을 때는
귀찮기도 하다. 친구도 만나고 산책도 하고 영감이랑 싸우며 그렇게 지낸
다. 나이를 먹어 그런지 책을 보면 잡생각이 들고 머리에 잘 들어오지 않아
속상하다. 그래도 공부하는 것이 가장 편하고 즐겁다.

30년 노하우로 색이 곱게 끓이는 소고기육개장

　나는 음식 잘 안 혔어. 언니들이 둘이나 있구 엄마도 있고
하니께 음식 잘 안 혔지. 육개장은 쉬워서 해 먹는 거여. 시어머니가
하는 거 어깨너머로 배웠지. 내 고향은 옛날부터 소 시장으로 유명한
홍성이여. 홍성 홍북 장터에 소 시장이 있었어. 육개장 고기는
육고깃간*에서 구허지. 우리는 설 명절, 추석 명절, 명절 땐 꼭 해
먹어. 애덜이 오니께 멱국*을 끓여 줄 수도 없고, 뭇국을 끓여 줄 수도
없고, 차례를 안 지내니 그냥 육개장 끓여. 딸들이랑 사우*랑 아들,
며느리 같이 먹어. 육개장은 밥이랑 먹어야지. 자기 먹고 싶은 대로
퍼 주면 밥 말아서 얼큰하게 먹는 겨.

　비법 같은 건 없어. 우리 끓여 먹는 게 주먹구구식인 겨. 대중없이
간 맞으면 맛있어. 간을 잘 보고 양념을 잘해야 혀. 조선간장 늫으문
좋은데 왜간장* 늫으문 너무 시커멓잖여. 고춧가루 같은 것도 좋은
거루 해야 허구. 우린 언니가 시골서 농사를 져서 주니께 사서 먹지.
시꺼매지지 않게 끓이는 육개장은 만든 지 30년이 넘었어. 착한
며느리가 좋아하고 우리 자식들, 눈에 넣어도 안 아픈 손자들이
좋아하는 육개장이지. 여기 교육원서 만난 동상, 성님도 다 알아주는
육개장이여.

*　육고깃간: 정육점　　　　　　*　멱국: 미역국
*　사우: 사위　　　　　　　　　*　왜간장: 일본식 간장, 양조간장

소고기육개장

1. 핏물 좌악 빼고 포오옥 삶어 쪼옥쪼옥 찢어 놓고

2. 토란, 고사리, 숙주나물, 버섯은 따로 삶는다.

3. 마늘, 생강, 고춧가루는 식용유에 볶고

4. 고춧가루 기름에 재료를 넣구 조물 조물

5. 섞어서 빠글빠글 끓이구 대파 숭숭

6. 간장만 넣으면 시꺼머지니까 소금을 조금 넣어 간을 맞춘다.

토란 줄기

고사리

숙주나물

느타리버섯

❶ 핏물을 빼고 삶은 소고기 2근을 찢는다.

❷ 토란 줄기 반 근, 고사리 1근, 느타리버섯 반 근, 숙주나물 1근을 따로 삶는다.

❸ 마늘, 생강, 고춧가루는 식용유에 볶아 고춧가루 기름을 낸다.

❹ 고춧가루 기름에 재료를 넣고 섞는다.

❺ 바글바글 끓이고 대파를 넣는다.

❻ 간장만 넣으면 까매지니 소금으로 간을 맞춘다.

조재용 표

돼지배추
김치찌개

1936년생 | 충북 청주

가난한 시절, 공책과 연필 대신 운동장에서 막대기로 '기역, 니은' 글씨를 쓰며 공부한 지 열흘 만에 육이오 난리가 일어났다. 가족과 함께 평택으로 피난을 갔다. 전쟁 통에 비행기와 외국 군인들을 보면 너무 무서웠다. 피난에서 돌아오자 아버지가 갑자기 돌아가셨고, 가세가 기울어 공부를 하지 못했다. 한번은 평택 사는 노인네 두 분이 와서 아욱죽을 해 달라기에 해 드렸더니 맛있다며 아들이랑 맺어 준다고 하셨다. 그길로 신랑 사진도 못 보고 시집와서 지금까지 살았다. 이것저것 솜씨가 좋아서 여기저기 돌아다닌다고 '팔랑개비'라고 불린다. 집 앞에서 버스 타면 곧장 학교에 오는데, 맨날 일등으로 오다 보니 비밀번호를 알려 주셨다. 간판도 읽고, 자식들한테 편지도 써 보고 싶어 공부를 더 열심히 배우고 있다.

같이 모여서 나눠 먹는 돼지배추김치찌개

김치찌개를 해 주믄 아들딸이 맛나다고 칭찬을 많이 혔지.
우리 둘째아들이 특히 좋아허는디, 다른 가족들도 좋아혀서
집에 오믄 이것만 먹구들 가. 자식들 집에 온다 하면 늘 준비를
해 가지구 먹지. 같이 모여서 다글다글 끓여 노나 먹으면 참
맛나. 누구한테 배운 건 아니고 내가 혼자서 이리저리 허다 보니
맛이 들었지. 지금은 늙어서 손맛이 덜한디도 애덜이 여전히
맛있게 먹어 주니 고맙구말구. 정육점 가서 찌개 넣는 고기
맛있는 거 달라 허면 줘. 이름은 물러. 더 비싸다 하대. 돼지
고기를 삶을 때 찬물에 풍덩 담궈서, 한 번 끓여서 물을 버려.
김치는 꼭 들기름에 볶아야 혀.

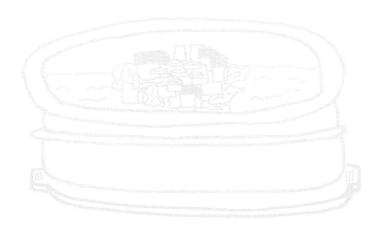

돼지배추김치찌개

1 돼지고기를 냉물에다가 삶는다.

2 들기름을 뚝배기에다가 부고 돼지고기와
백추김치를 썰어서 같이 볶는다.

3 물을 넣고 펄펄 끓인다.

4 파를 썰고, 다진 마늘, 설탕 1스푼을 넣는다.

5 마지막으로 비린내를 없애기 위해 다진
생강을 1스푼 넣는다.

❶ 돼지고기를 찬물에 넣어 삶는다.

❷ 뚝배기에 들기름을 붓고 돼지고기와 배추김치 반 포기를 썰어서 같이 볶는다.

❸ 물을 넣고 팔팔 끓인다.

❹ 파를 1대 썰어 넣고 다진 마늘과 설탕 1숟갈씩을 넣는다.

❺ 마지막으로 비린내를 없애기 위해 다진 생강을 1숟갈 넣는다.

❻ 조금 더 끓이면 완성!

우렁된장

홍방자표

1940년생 | 충남 부여

충남 공주에서 태어나 부여에 와서 컸다. 부여가 고향이나 마찬가지다. 어릴 때는 개구쟁이 짓을 많이 하며 다녔다. 손에 피가 나도록 공기를 하고, 고무줄놀이도 하고, 저녁까지 친구들이랑 몰려다니며 놀았다. 아들만 배워야 한다고 해서 학교에 가지 못했다. 지금 생각해도 너무 억울하다. 이제라도 도서관에 와서 공부를 할 수 있어 좋다. 앉아서 하나하나 배워 가는 것이 얼마나 뿌듯한지 모른다. 주택에 살 때 화초를 많이 키웠다. 자식들이 꽃 장사를 하라고 할 정도로 사랑을 많이 주며 길렀다. 한 가지 소원이 있다면 자식들 걱정 안 하게 몸 건강하게 살다가 떠나는 것이다. 공부하러 걸어 다녔는데 요즘은 몸이 아파서 병원에 다니기 바쁘다. 빨리 건강해져서 도서관에도 나오고 싶고 자식들에게 짐이 되고 싶지 않다. 오래 사는 것보다 건강한 게 제일이다.

탱글탱글 우렁에 직접 담근 된장이 어우러진 우렁된장

우렁된장은 울 어머니한테 배우고 내가 더 개발혔어. 마실꾼도 가는 집만 간다는 말이 있잖여. 우리 집이 딱 그런 집이었어. 사람들 헌티 내놓으믄 반찬들 중에도 반응 좋은 것들이 있쟈. 이걸 해 주면 사람들이 그렇게 맛있게 먹었어. 어떻게 만드냐고 비법을 물어보는 사람덜도 많았지. 여름에 호박잎이나 상추랑 혀서 함께 먹으면 정말 별미여. 식구들히고 두 먹고 사람들 모일 때면 즐겨 해 먹지.

옛날에는 농사진 콩으로 된장을 만들었는디 요샌 농사는 안 지니 콩은 사서 혀. 우렁도 논에서 잡았었지. 논에서 잡은 게 안 질기고 탱글탱글허니 맛있어. 비 오는 날 가 보믄 우렁이 쭈욱 나와 있어. 한 바가지씩 그냥 잡어다 해 먹으믄 맛있지. 지금은 약 치니께 비 오는 날 가도 우렁이 없어. 요샌 농약 때문에 밭두렁에 쑥도 없댜. 우렁된장은 양념을 맞춰서 잘해야 혀. 간을 잘 맞춰야 맛있어. 하다 보믄 맛있게 될 때도 있구 맛이 덜 될 때도 있잖여. 맛있게 될 때가 언젠지 잘 기억혔다가 나중에도 똑같이 허면 돼. 정신 차려서 해야지.

우렁된장

우렁 1봉, 양파(大) 1개, 청양고추 10개, 마늘 한 주먹 다진 것,
하지감자*(大) 1개, 표고버섯(大) 4개, 된장 900g

1. 우렁을 깨끗이 씻어서 다듬고

2. 청양고추, 양파, 다진 마늘, 하지감자,
   표고버섯을 착착 가셔서*

3. 된장에 넣고 짜글짜글하게 볶는다.

---

* 하지감자: 감자의 방언
* 가셔서: 썰어서

청양고추 양파

감자 표고버섯

© 김수민

❶ 우렁이를 깨끗이 씻어서 다듬는다.

❷ 청양고추, 양파, 다진 마늘, 감자, 표고버섯을 썰어 둔다.

❸ 우렁이와 썰어 둔 재료들을 된장에 넣고 볶는다.

김옥자표

고구마볶음

1946년생 | 충남 부여

　어린 시절, 집안 형편이 어려워 학교는 조금 다니다 말았다. 학교 다닐 때 달리기를 잘해서 선수로도 뛰고 '비행기'라고 불렸다. 글을 완벽하게 배우지 못해 살아오면서 늘 답답했다. 젊은 시절에는 서울 평화 시장에서 미싱 일을 하며 열심히 살았다. 가난하고 힘든 시절이었지만 함께 일하는 동료들과 따뜻한 추억도 많았다. 나이가 드니 심장이 안 좋아져서 최근에 수술했다. 아파 보니 무엇보다 건강이 중요하다 싶다. 건강해야 뭐든지 할 수 있고 행복해질 수 있다. 지금은 남편이랑 둘이 산다. 버스 타고 학교에 나와 친구들과 함께 공부하고, 선생님 이야기도 듣고, 가끔 좋은 구경하는 것이 너무나 즐겁다. 집안일은 많이 있지만 한 자라도 더 배우려고 도서관으로 온다. 공부를 더 열심히 해서 멀리 여행을 떠나 보고 싶다.

어려운 시절, 언니가 해 주던 고구마볶음

젊어 미싱 일 헐 때 도시락을 싸 갖구서 다녔어. 그때,
언니가 고구마볶음을 반찬으로 잘 싸 줬지. 옛날에는 쌀이
부족혀서 고구마를 반찬으로 해 먹으믄 배도 부르고 좋았
거든. 그려서 고구마볶음만 보믄 언니 생각이 참 많이 나.
고구마볶음을 해 가면 같이 일하는 친구들이 맛있다고
해서 나눠 먹고 그렸어.

요새는 식구들이랑 반찬으로 해 먹어. 고구마볶음은
그냥 잘 익게끔 볶아 주기만 허면 돼. 쉬워. 쉽게 해서 먹는
데 맛도 있으니 좀 좋아. 그전에는 고구마 농사를 졌는디
지금은 안 져. 1만 2000원씩 쬐만한 박스로 사서 먹어.
큰 넘은 넘 비싸. 2만 원은 줘야 혀. 고구마는 바로 캤을 때
보담 한겨울에 뒀다가 먹는 게 맛나.

고구마볶음

고구마, 물 종이컵 반 컵,
간장 종이컵 반 컵, 들기름 2순갈

1. 고구마 껍질을 벗겨 깍두기처럼 썰어.

2. 물, 간장, 들기름 넣어 고구마가
   물렁물렁 해질 때까지 자갈자잘
   10분 끓이는데, 한 번 저어 준다.

3. 참깨를 뿌린다.

❶ 고구마 껍질을 벗긴다.
❸ 깍둑썰기 한 고구마에 물, 간장, 들기름을 넣는다.
❺ 다시 한 번 젓는다.

❷ 깍두기처럼 썰어 둔다.
❹ 고구마가 물러질 때까지 10분 끓인다.
❻ 참깨를 뿌려서 완성한다.

윤춘화 표

꽈리고추
멸치볶음

1940년생 | 강원도 고성

원래 고향은 강원도다. 어린 시절, 동네 친구들은 모두 학교에 다니는데 나는 그러질 못해 부러웠다. 마음속에 늘 공부에 대한 미련이 남아 있었지만 결혼해서 아들 둘, 딸 하나 낳아 기르다 보니 인생이 내 맘 같지 않게 빨리도 흘러갔다. 서울 잠실에서 40년 살다가 이제는 자식들 다 출가시키고 남편이랑 부여로 내려왔다. 도서관에서 글을 배우기 시작한 후로는 글을 알아 가는 하루하루가 다시 태어나는 날 같다. 서툴지만 새롭고 어려움이 있어도 기쁨이 더 크다. 글도 배우고 산수도 배웠는데 앞으로 꼭 더 배우고 싶은 게 운전이다. 그간 볼 수 없었던 운전 시험을 거뜬히 치르고 운전대도 잡고서 다니고 싶은 곳을 마음대로 다니고 싶다. 일기도 맘껏 써 보고 싶다.

키 크라고 해 먹이던 꽈리고추멸치볶음

꽈리고추멸치볶음은 요리허기 세상 쉬워.
나 어릴 적에는 멸치 같은 건 귀해서 못 해 먹었지.
그러다 결혼해서 애들 키우니 키 크라구 멸치를
자주 만들어 줬어. 근디 잘 안 먹더라구. 어릴 때
많이 꼬셔서 멕였으면 쑥쑥 크구 얼마나 좋았겠어.
　마트 가서 싱싱한 건로 재료를 사. 멸치랑 고추는
무조건 1대 1 비율로 볶아 줘야 혀. 청주 넣으면
잡냄새 제거되니께 있으면 꼭 넣구. 꽈리고추는
맛소금으로 간을 맞추고 다시다도 넣으면 감칠맛이
나. 계절 없이 해 놓고 먹구 싶을 때 먹어.

꽈리고추멸치볶음

꽈리고추, 멸치 작은 거, 맛소금, 외간장, 청주, 양파,
마늘, 깨, 소금, 참기름.

1. 꽈리 고추를 썰어 맛소금, 외간장 넣구 볶아.

2. 숨이 죽으면 멸치, 양파, 마늘을 넣고 볶아.
   청주도 넣으면 비릿하지 않아 좋아.

3. 마지막으로 깨소금, 참기름 넣어.

① 꽈리고추 꼭지
② 맛소금 간장
③ 청주
④ 마늘 양파

① 꽈리고추는 꼭지를 따서 물에 씻는다.

② 씻은 꽈리고추에 맛소금과 간장을 넣고 볶는다.

③ 꽈리고추의 숨이 죽으면 멸치를 넣고 볶는다. 청주를 넣으면 비리지 않다.

④ 양파, 마늘을 넣고 깨소금과 참기름을 부어서 볶아 완성한다.

89

김송자표

민물게찌개

1942년생 | 충남 청양

　육이오 사변이 나는 바람에 학교에 다니지 못한 것이 가슴에 한으로 남
았다. 결혼해 6남매를 두었는데 다들 서울에 산다. 남편 보내고 지금은 청
양에서 고양이 '나비'랑 살고 있다. 새벽부터 버스를 타고 도서관에 와서
친구들과 이야기도 나누고, 공부하는 생활이 너무 즐겁다. 여자들 일고여
덟 명이 모여서 제비 떼처럼 수다 떨고 논다. 재작년에는 백일장 대회에 나
가서 우수상을 받았는데 남편 무덤에 갖다 놓고 엉엉 울었다. 자식들이 여
든 가까워진 나이에 장하다고 자기네 아버지 대통령 표창 받은 책꽂이에
내 상을 같이 꽂아 놨다. 그림 그리는 것도 좋아해서 넷째 아들이 사다 준
크레파스로 곧잘 그린다. 얌전하게 생겼는데 농담도 잘하고 딴판이다. 노
인 대학에서도 각설이 타령을 해서 사람들이 엄청 재밌어 했다. 글짓기부
터 그림까지 모든 공부가 다 즐겁고 잘하고 싶다.

논두렁에서 갓 잡아 끓이던 민물게찌개

어렸을 때 친정어머니가 논두렁에서 게를 잡아다가 호박 뚝뚝 넣고 끓여 줬는디 맛있더라구. 알이 실허고 노란허니 정말 맛있었어. 결혼하고는 시아버지가 농사를 지시니께 논두렁에서 잡아 오시더라구. 그래서 내가 해 봤어. 지금은 논두렁에 농약을 쳐서 민물게를 볼 수가 읎지. 옛날엔 농약도 인 쳤이. 일하구 오다가 논두렁을 파면 큰 놈들이 그득혔어. 두 마리씩 잡아서 저녁 밥상에 올렸지.

남편은 하숙허며 학교서 근무했어. 밖에서 맛있는 식당을 많이 다닐 텐디, 내가 끓여 준 게찌개가 제일 맛있다고 혔어. 해 보면 식구들이 좋아하는 음식이야. 저번에도 큰아들 와서 게찌개 해 줬어. 마트에서 샀는디 게가 별룬디두 찌개로 허니까 맛있더라구. 나 먹자고는 안 혀. 식구들 모이면 해 먹어. 된장에 해야 돼. 그래야 비린내가 없어. 호박 없으믄 무 넣고 지져. 게는 싱싱헌 놈이 좋지. 비싸두, 하나를 사두 싱싱하고 큰 것을 사야 혀. 7~8월에 게가 알 실으믄 9월에 먹으면 맛있고 괜찮지. 암놈 게가 알이 노랗게 뜬 게 맛있어.

논두렁 민물게찌개

민물게 한두 마리, 주먹만 한 호박 매, 된장 약간,

고추장 약간, 소금, 마늘 한 숟갈 대파 반, 양파 반

1. 민물게 한두 마리를 씨어* 쭉쭉 쪘어놓는다.

2. 호박, 양파, 대파를 썬다.

3. 된장, 고추장, 소금, 마늘로 간을 한다.

4. 누런 알이 둥실둥실 떠오르도록 어지간히
   끓인다. (설* 끓이면 비려~)

---

* 씨어: 씻어
* 설: 충분하지 못하게

①민물게 1~2마리를 물에 씻어서 찧어 놓는다.

②호박, 양파, 대파를 썬다.

③된장, 고추장, 소금, 마늘로 간을 한다.

④알이 떠오를 때까지 끓인다.

⑤비리지 않도록 오래 끓이면 완성!

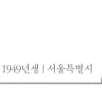

엄정례 표

병어볶음

1949년생 | 서울특별시

　원래 고향은 서울인데 시집을 부여로 오게 되었다. 아들 둘, 딸 하나 낳아 키워서 이제 다 출가시키고 아들 하나는 같이 산다. 글을 배우고부터는 공부하는 게 너무 좋아서 수업 시간에 잡담하는 것도 싫고, 쉬는 시간조차 아깝다는 생각이 든다. 초등 학력 과정을 졸업한 지는 3년이 넘었지만 배운 것을 잊어버릴까 봐 복습하고 또 복습한다. 완전히 나의 지식으로 만들고 싶어 도서관에 빠지지 않고 나온다. 받아쓰기하면 받침이 신경 쓰여서 머리가 아프지만, 부소산 한 바퀴 휘 돌고 오면 금세 즐겁다. 취미로 국악원에 가서 창과 민요를 배우는데, 한 달에 한 번 요양 병원에 가서 치매 노인분들에게 민요 불러 드리는 봉사를 한다. 건강을 유지해서 죽을 때까지 하고 싶은 일들 하며 공부하는 것이 소원이다.

저렴하고 영양 좋은 마른반찬, 병어볶음

　늘 잘 해 먹는 요리여. 언니들한테 물어봐 가며 배웠제.
애들 학교 다닐 적에 도시락 반찬으로 많이 해 줬고 지금도
가끔 반찬으루 쪼끔씩 해 먹어. 나는 마른반찬을 좋아혀서
밑반찬 종류를 많이 했거든. 아무 계절이나 다 나오니
오일장이 열리믄 뽀얀 놈으로 골라 한 됫박씩 사 와서
조금씩 요리혔지. 한 되에 5000원 정도 햐. 한 됫박 사다
놓으면 한참 먹지.
　저렴하고 영양도 좋으니 자주 만들었어. 애덜이 질릴까 봐
어느 날은 고추장도 넣어 맛을 좀 다르게도 해 보고 그렸지.
병어가 짜니께 물에다 씻어서* 꼭 짜서 양념해야 혀.
생강가루두 꼭 넣어 비린내를 잡아 줘야 되구.

* 씻어서: 씻어서

병어 볶음

병어 한 주먹, 간장 한 스푼, 식용유 한 스푼, 설탕 한 스푼,
물엿 한 스푼, 들기름, 통깨, 생강가루

1. 병어에 먼저와 짠기가 빠지도록 씻쳐서
   그름하게[*] 볶는다.

2. 병어에 물기가 빠지면 간장 한 스푼, 식용유,
   물엿, 설탕, 들기름을 넣고 마저 볶는다.

3. 잘 볶아진 병어에 통깨를 뿌려 준다.

---

* 그름하게: 중간에서 약하게

❶ 물에 병어 한 주먹을 씻어 짠 기를 뺀다.

❷ 씻은 병어를 중간 불로 볶는다.

❸ 간장 1숟갈, 식용유 1숟갈, 설탕 1숟갈, 물엿 1숟갈, 들기름, 생강가루를 넣고 볶는다.

❹ 통깨를 뿌려서 완성한다.

이예식표

계란찜

1937년생 | 충남 부여

　고향이 부여고, 시집온 곳도 부여다. 집에서 벼농사를 조금 하는데, 밭을 몸이 따라 주지 않아서 묵히고 있다. 친구가 같이 오자고 해서 도서관에 오게 되었다. 무릎이 자꾸 붓고 아파서 걷기는 힘들지만 도서관에 와서 공부하는 일이 너무 즐겁다. 누가 "이제야 글 배워서 뭐할 거냐."라고 물어보기에 "저승 가서 모르는 사람 가르쳐 주려고 배운다."라고 했다. 간판도 읽고, 버스 정류장에서 가는 곳도 잘 읽어 돌아다닌다. 집에 가서도 공부를 더 하고 싶지만 농사일 때문에 바빠서 복습할 시간이 없는 게 아쉽다. 글 배우는 것이 힘들고, 글자가 잘 외워지지 않아서 가슴이 벌렁거릴 때는 그냥 책장을 덮어 놓을 때도 있다. 하지만 그렇게 한 자 한 자 새로 알게 되면 그 재미가 또 대단하다. 긴 문장을 쉬지 않고 줄줄 읽을 수 있을 때까지 열심히 공부할 것이다. 내가 살아온 인생을 자서전으로 한번 써 보고 싶다.

사시사철 따뜻하게 먹는 계란찜

　예전에는 계란이 귀혔지. 그래도 닭 키우는 집은 달걀 구하기가 아무래도 쉬웠어. 새벽에 닭이 울믄 아침잠에서 깨나서 닭장에 가 봐. 닭이 알을 낳아 놓으니 댓 개 주워 와서 계란찜을 만들구 그렸지. 애들 여섯이 붙어서 반찬으로 잘도 먹었어. 내가 내 식대로 해서 만든 거라두 다른 사람들도 알려 주구 싶지. 계란찜은 비린내 없애는 고춧가루 넣고 따술 때 바로 먹는 게 젤 맛있어.

　계란을 우선 싱싱한 놈으루 골라서 사야제. 소금은 넣을 필요가 없고 새우젓이 꼭 들어가야 혀. 물을 좀 알맞게 잘 맞춰 늫야지. 계란찜은 사시사철 좋고 반찬 없을 때 하면 더 좋아. 멀리서 자식들이 집에 오믄 밥 먹을 때 종종 해 주는디 엄마가 해 주는 요리가 맛있다고 좋아혀. 손자가 공부를 잘 해서 무슨 상을 줄까 했더니 할머니 요리 해 달라고 하대.

계란찜

계란 2-3개, 물 한 컵,
　굵은 소금 쪼끔(1/3 아빠 숟갈), 통깨,
고춧가루, 파

1. 계란을 그릇에 넣고 노른자가
　터질 때까지 젓어 준다.

2. 물을 넣고 굵은 소금도 넣는다.

3. 통깨, 고춧가루도 넣고 파 송송 썰어 넣어 준다.

4. 밥 짓는 데 올려놓는다.

파

통깨

고춧가루

❶ 계란을 깨뜨려 노른자가 터질 때까지 젓는다.

❷ 물을 조금 넣고 굵은 소금도 넣어 푼다.

❸ 통깨, 고춧가루, 송송 썬 파를 넣는다.

❹ 밥 지을 때 올려놓는다.

최금순 표
고등어조림

1940년생 | 강원 횡성

ⓒ 김윤정

　고향은 강원도 횡성인데 남편을 만나서 부여에 오게 되었다. 어려서 "금순이는 착하다."라는 소리를 많이 들었는데, 학교를 못 보내 준 부모님을 원망하며 울고불고 떼도 썼었다. 젊어서는 배우려 해도 풀죽 쑤어 먹고, 술지게미 먹던 시간들이 얼마나 어려웠던지 일하느라 바빴다. 나이 드니 몸이 불편해 열한 번이나 수술을 하고 지팡이 들고 멍하게 고통 속에서 지내던 때에 친구가 도서관에 가자고 손을 내밀어 주어 공부를 할 수 있게 되었다. 도서관에 다니면서 책도 많이 가져다가 본다. 부소산에 돌아다니고 학교 길 안내도 하고 친구들이 오라고 하면 놀기도 하며, 하는 것 없이 밖에도 잘 돌아다니게 되었다. 공부하러 다니면서 격려해 주는 형님들과 동생들을 만나서, 많은 것을 배울 수 있어서 너무 행복하다.

손자한테 해 줄 때 가장 행복한 고등어조림

바닷가서 바로 절여 오는 간고등어로 요리허면 맛이 좋아.
들기름은 맛도 좋구 비린내도 없애 주니께 꼭 넣구. 사실 이
요리법으로 하면 모든 생선이 다 맛나지. 나는 영감이랑 손자
한테 이거 해 줄 때 행복혀. 이렇게 해 놓으믄 잘 먹으니 자꾸
해 주지. 배운 거 없이 내가 다 알아서 만든 겨. 그래도 맛없다
소리 없고 다 맛있다고 햐. 솜씨 아깝다는 소리두 많이 들었어.
고등어는 마트나 시장서 사 와. 고등어조림은 무나 새송이
늫고 엿을 꼭 늫고, 고춧가루 늫고 버무려. 아무 때나 언제든
먹어도 맛있어. 설탕을 많이 넣어서 단 음식은 별루고 칼칼한
게 좋아. 그려두 옛날부터 음식 버리는 거는 죄 받는 거라
혔지. 음식은 남기지 말구 싹싹 먹어야 혀.

고등어조림

고등어 한 손, 손바닥만 한 다시마 3-4조각, 멸치 한 웅큼,
양파 반 개, 대파 반 개, 외간장 2컵, 들기름, 물엿 두 수저,
고춧가루 한 수저, 청양고추 1개

1. 다시마, 멸치, 양파, 대파를 넣어 육수를 우려낸다.

2. 무를 납작납작, 두텁하게 썰어 고춧가루로
   벌겋게 한 후 냄비 아래에 넣고 그 위에 고등어를 올린다.

3. 외간장 반 컵을 그곳에 넣고 들기름, 물엿,
   청양고추, 양파를 넣는다. 완성된 양념장을
   고등어 옆으로 살짝 붓는다.

4. 준비해 놓은 육수를 자박자박하게 넣는다.

5. 처음 불을 세게, 좀 끓으면 약하게 해서 물이
   거의 없게끔 졸여준다.

❶ 다시마, 멸치, 양파, 대파를 넣어서 육수를 우린다.

❷ 무는 납작납작 두껍게 썰어 고춧가루로 버무리고 고등어도 토막을 낸다.

❸ 간장 반 컵을 그릇에 넣고 들기름, 물엿, 청양고추, 양파를 넣어 양념장을 만든다.

❹ 냄비에 무를 넣고 그 위에 고등어를 올린 뒤 양념장을 고등어 옆으로 붓는다.

❺ 준비한 육수를 자박자박하게 넣는다.

❻ 센 불로 끓이다가 끓기 시작하면 약하게 줄여서 물이 없어지도록 졸인다.

3부

요리

손이 가도 애들 멕일 거는
힘든 줄도 물러

김입분표

돼지껍데기
무침

1953년생 | 전북 정읍

©최서연

    정읍에서 태어나 결혼했다가 여동생을 따라 천안에 터를 잡은 지 30년
이 되었다. 이사 온 후 바로 독립 기념관이 문을 열었고 전국에서 관광객
이 몰려와 식당 장사가 잘 되었다. 그때부터 식당에서 30년 동안 일하면서
음식도 많이 하고 배웠다. 지금은 남편이 논농사, 밭농사를 짓는다. 콩, 깨,
담배를 주로 하는데 남편이 트랙터를 몰며 혼자 농사를 하니 새참을 자주
내 간다. 부침개, 겉절이, 떡 등을 준비하고 막걸리는 빠지지 않고 챙긴다.
사는 게 바빠서 일하느라 글공부할 시간이 없다가 한글 공부를 시작한 지
2년이 되었다. 나이 어리다고 반장을 시켜서 학교도 일찍 나온다. 읽기, 받
아쓰기 공부를 하며 모르는 것, 틀리는 것, 텔레비전에 나오는 글자도 바로
바로 찾아본다. 눈을 감고 넌지시 생각해 보면 기가 막힌 내 인생을 누굴
보여 주기 위해서가 아니라 혼자 정리해 보고 싶은 마음이 든다.

일 끝나고 남편과 소주 한잔하며 먹는 돼지껍데기무침

장사헐 때 배웠는디 손님들이 좋아한 메뉴여. 다들 엄청 찾고 음식 잘헌다고 소문이 났지. 30년 동안 식당에서 힘들게 일해두 피부가 좋은 건 돼지 껍질 때문이여. 마사지는 시방까지 해 본 적도 읎어. 동동구르무*도 발라 본 적이 없는디 넘들이 나를 자꾸 피부 좋다고 부러워허니까 역시 돼지 껍질을 많이 먹어야 하는가 벼. 지금도 일 끝나믄 돼지 껍질 안주 맨들어서 남편이랑 쏘주 한잔혀. 그러고 하루 일 야그도 하고 그러제. 부부가 일 끝나고 같이 술 한잔허는 게 너무 좋아. 도란도란 야그허다 보면 저녁 시간이 다 가. 남편이 "내일은 학교 가셔야죠." 햐. 그럼 또 나는 5시에 인나 불 때서 세수허고 아침 먹고 학교 갈 준비를 허지.

돼지 껍질은 정육점에서 팔어. 정육점 아무 데서나 팔지는 않어. 집에서 가차운* 병천 장에 가서 돼지 껍질 사 와. 돼지 껍질도 계절은 읎어. 요샌 피부 미용에 좋대니까 젊은 사람도 너나없이 먹대. 영양가도 높고 맛도 좋은디 가격도 싸잖여. 술안주로 최고의 메뉴여.

* 동동구르무: 화장품이 한국에 처음 소개되었을 때, 그 상표였던 '동동구리무'. '구리무'는 '크림'이란 단어의 우리말식 발음
* 가차운: 가까운

꼬들꼬들 돼지껍데기무침

1. 돼지 껍데기에 된장, 소주, 생강 두 쪽을
   넣고 40분 삶는다.

2. 삶은 걸 흐르는 물에 깨끗이 씻어

3. 손가락 반만큼 썬다.

4. 오이, 양파, 고추장, 마늘, 식초, 고춧가루,
   설탕, 들기름, 쑥갓, 깻잎과 함께 조물조물
   무쳐 통깨를 술술 뿌린다.

된장　소주　생강

고추장　마늘　들기름　식초　고춧가루

오이, 양파　설탕

© 송경민, 안애린

❶ 돼지껍데기에 된장, 소주, 생강 2쪽을 넣는다.
❷ 40분 동안 삶는다.
❸ 삶은 돼지껍데기를 흐르는 물에 깨끗이 씻는다.
❹ 손가락 반만 한 길이로 썬다.
❺ 오이, 양파, 고추장, 마늘, 식초, 고춧가루, 설탕, 들기름, 쑥갓, 깻잎과 함께 무치고 통깨를 뿌려 완성한다.

최경희표

된장과 간장

1957년생 | 충남 공주

　가난한 집 8남매의 넷째로 태어났다. 아버지는 아들 셋은 학교에 보냈지만 딸 넷은 보내 주지 않았다. 막내 다섯째 딸은 시대가 바뀌어 그랬는지 중학교까지 다녔다. 열여섯 살에 돈 벌러 밖에 나갔는데 글 모른다고 영업집에서 많이 혼나며 일했다. 글을 모르니 늘 배우겠다 맘을 먹고 있었는데, 한번은 가방 들고 다니는 할머니들을 만나, 물어물어 공부하러 오게 되었다. 글 배우러 안 오는 날은 집안일도 하고 동네 마실도 다니고, 콩도 심고, 깨도 심고, 고추도 심으며 밭일을 한다. 논농사도 지어 식구들 먹을 걸 키우고 돈도 번다. 늦게라도 글을 배우니 집에 배달되는 우편물도 당당하게 읽을 수 있어 좋다. 애들이 "엄마, 도서관 가서 한글 배우더니 성공했네요." 한다. 요즘은 할머니, 할아버지도 다 배워야 사는 세상이다.

시어머니와 오순도순 담그던 된장과 간장

된장, 간장 담구는 건 시어머니헌티 배웠지. 어머님 담구는
거 보구 내가 허게 됐어. 시어머니는 말수가 적고 착허셨어.
나랑 같이 메주를 만들 때면 기분이 좋으신지 평소보다 많이
웃으시고 말씀두 많이 허셨지. 시아버지가 술을 드시고 들어오믄
술 깰 때까지 "재떨이 가져와라! 안주 내와라!" 하면서 계속
심부름을 시키며 볶아 댔다구, 마음속에 묻어 둔 서운한 얘기들도
들려주시곤 혔어. 음식을 허며 오순도순 야그허던 거이 그립제.

메주 만들 때 젤루 신경 쓸 거는 잘 말리구 잘 띄워야 하는 겨.
메주 맹글어서 베짝* 말릴 때 짚을 깔구 덮어서 잘 띄워야 혀. 또
숯을 만들어서 혀. 소나무나 참나무루다 불을 때서 재가 되기
전에 화락화락 타는 놈을 찬물에 완전히 늦구서 부글부글 끓는
것이 없어지믄 건져서 말려야 혀. 숯을 만들라믄 이것저것 느믄
냄새두 나구 지저분허니께 나무만 쓰지. 된장, 간장 만들믄
애덜두 갖다 먹구, 작은집 식구들두 달라구 하믄 주지.

* 베짝: 바짝

된장과 간장

재료 콩8키로, 숯5개, 말린 고추 5개, 통깨한 줌

1. 콩을 깨끗이 씻어서 찬물로 하루저녁 불린다.
2. 아궁이에 불을 지펴서 가마솥에 함께 넣어 불린 콩과
   그 물을 3~4시간 콩이 뭉그러질 때까지 푹 삶는다.
3. 삶은 콩을 절구통에 넣고 찧어서 반죽이 되면
   네모난 모양으로 메주를 만든다.
4. 볏짚을 깔고 그 위에 메주를 놓아 일주일 정도 말린다.
5. 마른 메주를 메주와 짚 순서로 켜켜이 덮어서
   따뜻한 온돌방에 띄운다.
6. 일주일 정도 띄우면 곰팡이가 핀다.
7. 띄운 메주를 깨끗이 닦아서 통풍이 잘 되는 그늘에서
   2주 정도 바짝 말린다.
8. 양동이 한 통 분량의 물에 소금 5되를 타서 잘 녹인다.
9. 소금물을 단지에 붓고 메주, 마른 고추, 숯, 통깨,
   한 줌을 넣고 한 달 정도 둔다.
10. 메주가 물러지면 손으로 주물러서 장을 만든다.
11. 진하기는 간장 국물을 추가하면서 맞춘다.
12. 남은 간장 국물을 솥에 붓고 팔팔 끓여서
    단지에 부어서 간장을 만든다.

❶ 깨끗이 씻어서 찬물에 넣고 하룻저녁 불린 콩에 물을 넣고 가마솥에서 3~4시간 푹 삶는다.

❷ 삶은 콩을 절구통에 넣고 찧어서 반죽을 만든 뒤 네모난 모양으로 빚어 메주를 만든다.

❸ 볏짚을 깔고 그 위에 메주를 놓아 일주일 정도 말린다. 마른 메주를 짚과 번갈아 켜켜이 덮은 후 온돌방
　에서 일주일 정도 띄우면 곰팡이가 핀다. 다시 깨끗이 닦아서 통풍이 잘 되는 곳에서 2주 정도 말린다.

❹ 양동이 한 통에 물과 소금 5되를 넣고 타서 잘 녹인 뒤 마른 고추, 숯, 통깨, 메주를 넣고 한 달 정도 둔다.

❺ 메주가 물러지면 손으로 주물러서 된장을 만든다.

❻ 남은 간장 국물을 솥에 붓고 끓인다.

❼ 단지에 부어 간장을 완성한다.

이순구표

찰밥

1939년생 | 충남 부여

　어릴 때 집에서 학교에 보내 주지 않아 글을 배울 수 없었다. 친정에서 늘 맏며느릿감이라고 불리다가 시집와서 자식들 낳고 살아왔다. 애들은 다 시집 장가 가서 아들, 딸 낳고 대학도 보내고 산다. 요즘엔 남편이랑 둘이 지내면서 토마토밭에서 일한다. 일주일에 세 번, 한글 공부 하러 가는 시간이 제일 좋다. 글을 몰라 가장 답답했던 것은 가고 싶은 곳에 잘 찾아다니기 힘들다는 것이었다. 이렇게 늦게라도 도서관에 와 공부를 하게 되어 이제는 수월하게 어디든 찾아다닌다. 공부는 해도 해도 왜 그리도 까먹는지 모르겠다. 무릎도 아프고 머리도 아파서 포기하고 싶기도 하지만 젊어서 못 배운 게 한이 되었으니 한 자라도 더 많이 배우고 싶다. 복습 열심히 해서 내 손으로 편지를 써 애들에게 주고 싶다.

소풍 갈 때 맛나게 싸 가는 찰밥

찰밥은 나무새*, 짐*이랑 먹으면 좋아. 쌀밥보덤 더
든든 혀. 우리는 이걸 자주 해 먹어. 정월 대보름날 첫째로
해 먹지. 어디 소풍 가구 이럴 때도 그냥 이걸 싸 가. 관광
버스 타구 놀러 가믄 기사님이 내가 한 밥 맛있다구 칭찬
해 줬어. 어디서 본 거 읎이 그냥 내가 혔지.

찹쌀을 푹신 담궜다 흠씬 쪄. 쏟아서 섞어. 또 다시 시루
에다 쪄. 한 번 푹신 찌고 밤, 팥 넣고 소금물 약간 허치고*
섞어서 다시 찌믄 돼. 쌀은 농사져서 직접 했지. 내가
식혜도 잘하고 멸치볶음도 우리 딸이 먹었는데 맛있대.

＊ 나무새: 채소　　　　　　＊ 짐: 김
＊ 허치고: 뿌리고

찰밥

찹쌀, 썰은 밤, 팥 삶은 것, 소금

1 찹쌀을 물에 2~3시간 담궜다가 시루따 쪄.
2 한번 푹신 쪄지면 썰은 밤, 팥 삶은 것을 섞어.
3 소금물도 좀 넣어.
4 되직하면 물을 약간 뿌리고 또 쪄.

❶ 찹쌀을 물에 2~3시간 담가 둔다.　　❷ 불린 찹쌀을 시루에다 찐다.
❸ 찹쌀에 썰어 둔 밤과 삶은 팥을 섞는다.　　❹ 소금물을 조금 붓는다.
❺ 물을 약간 뿌리고 다시 찐다.　　❻ 채소, 김과 함께 먹는다.

윤인자표
옻백숙

1946년생 | 충남 온양

    9남매에 다섯째로 태어났다. 식구는 많고 아버지 혼자 벌어먹이려니 공부하기가 어려웠다. 책 한 권, 연필 한 자루도 다 돈 주고 사야 하고, 학교 다니려면 월사금*도 내야 했다. 돈 없이 공부하기 어려운 시절이었다. 결혼해서 스물여섯 살에 지금 살고 있는 천안으로 이사 와 아들 하나, 딸 둘을 키웠다. 글을 몰라 불편함이 많았기 때문에 집에서 끄적끄적 혼자 공부도 하고 서울 양원학교로 공부하러 다니기도 했다. 마음은 앞섰지만 거리가 너무 멀어 어려움이 많았다. 딸에게 가까이에 공부하는 곳이 있는지 알아봐 달라 해서 여기에서 공부한 지 1년이 다 되어 간다. 받침이 어렵지만 자꾸 읽고 쓰는 것 외엔 방법이 없다. 집에서도 시간 나면 혼자서 공부한다. 글을 몰라 남한테 늘 물어보고 눈치 보며 살았는데 이제 그러지 않아서 좋다.

---

* 월사금: 다달이 내던 수업료

더운 여름날의 보양식, 옻백숙

집 텃밭에 옻나무가 있으니 길러서 가을에 나뭇
가지 잘러 놓구 옻백숙을 끓일 때 해 먹어. 근디
이거는 독성이 있어서 1년에 서너 번 정도만 먹으면
돼. 옻 올라 오믄 가려움증이 있으니 미리 옻 먹냐고
물어봐야 혀. 안 그럼 클나지. 닭은 시장에서 사 오지.
더운 여름날 에덜이 축축 처지고 지치며는 닭백숙
끓여 주면 좋지. 애덜도 한 그릇 먹으면 참 좋아하고,
보양식으로 부족허지가 않은 음식이제. 친구들이
와도 요거는 한 가지만 허면 되고 다른 거는 필요가
없으니께 해서 먹이고 그랴. 비법이랄 것도 읎어.
요리는 감으로 하는 것이여.

옻백숙

1. 옻 나뭇가지를 한 시간 정도 물에 끓인다.

2. 옻 나뭇가지를 끓인 물에 닭고기를
   넣는다.

3. 밤, 대추, 인삼을 넣고 한 시간 정도
   끓인다.

※ 요리는 레시피를 따르는 것이 아닌
   감으로 하는 것이다.

❶ 옻나무 가지를 1시간 정도 물에 끓인다.

❷ 옻나무 가지를 끓인 물에 손질한 닭을 넣는다.

❸ 밤, 대추, 인삼을 넣고 1시간 정도 끓인다.

❹ 완성! 1년에 서너 번만 먹는 게 좋다.

신연년표

닭볶음탕

1947년생 | 충남 논산

어릴 때는 순해서 싸움 한 번 안 하고 컸다. 고무줄놀이도 하고, 마당에서 뛰어놀며 자랐다. 하지만 가정 형편이 어려워 학교에 다닐 수 없었다. 철이 들수록 못 배운 것이 아쉽고 글을 모른다는 것이 마냥 답답했었는데, 마음을 알아챈 남편이 읍사무소를 통해 도서관에 등록해 줘서 한글을 배울 수 있게 되었다. 기쁜 마음으로 도서관에 부지런히 다니면서 친구들과 열심히 공부해서 4년 전 초등학교 졸업장을 받았는데, 얼마나 기쁘던지 세상을 다 가진 듯했다. 손 놓지 않고 원 없이 더 공부해서 중학교 졸업장까지 받고 싶다. 아들 둘, 딸 둘 출가시키고 밭농사로 마늘, 양파, 배추 키우며 지낸다. 고양이 세 마리가 집에 살고 남편이 늘 잘 도와준다. 오순도순 살면서 꾸준히 공부를 계속하고 싶다.

두 번 헹궈 깔끔한 닭볶음탕

식구덜이 백숙보다 닭도리탕을 좋아혀. 내 비법은
닭를 두 번 헹구는 겨. 잡다한 거랑 기름기를 없애 깔끔
한 맛을 내는 겨. 홍성 사는 큰아들이 집에 자주 오니께
닭도리탕을 종종 해 멕여. 사 먹는 건 양념 덜 들고 맛읎어.

음식은 하다 보믄 요령이 생겨. 사 먹어 보믄 뭐 들어
가는지 다 알어. 닭도리탕은 비린내 안 나게 생강, 소주를
늫으야 돼. 비린내 나면 맛읎어. 가족들 다 같이 모였을 때
해 먹으믄 젤 좋아해. 생닭은 농협에서 사다 허고, 양념이나
채소는 집에 있지. 고추장도 담구고 고춧가루도 **빠수는디***,
고추 농사는 어려워서 동네에 농사짓는 집 가서 사.

* 빠수는디: 빻는데

125

닭볶음탕

생닭 1-2마리, 감자 큰 놈 몇 개, 양파 큰 거 두어 개, 마늘 큰 수저로 큰 술갈,
고춧가루 두 술갈, 생강, 고추장 두 술갈, 소금 조금 (1/2 반 수저 안 되게),
설탕 큰 술갈, 꽃고추 5개, 파 2개, 미나리

1 생닭은 먹을 만한 크기로 친다.

2 솥의 물이 끓으면 닭을 넣고 데친 후 물을
   버린다. 이후 한 번 더 물에 닭을 헹궈 준다.

3 감자, 양파, 꽃고추, 파, 미나리를 넣고
   마늘, 생강, 고춧가루, 고추장, 소금, 설탕을
   섞어 넣고 닭과 함께 팔팔 끓인다.

4 센 불로 팔팔 끓으면 중간 불로 바꿔
   10분 더 끓인다.

❶ 생닭을 사 와서 먹기 좋은 크기로 잘라 다듬는다.

❷ 솥에 물을 끓여서 닭을 넣어 데치고 물을 버린다.

❸ 다시 한 번 물에 닭을 데쳐 낸다.

❹ 감자, 양파, 풋고추, 파, 미나리를 넣고, 마늘, 생강, 고춧가루, 고추장, 소금, 설탕을 섞어
   닭과 함께 센 불로 끓인다.

❺ 중간 불로 줄여 10분 더 끓인다.

김미희 표

호박잎쌈

1969년생 | 충남 아산

　글을 못 배운 것은 부모님이 학교에 보내 주지 않아서가 아니다. 학교 갈 나이가 되었을 때 입학을 했지만 학교만 가면 졸리고 밖에서 친구들과 놀고 싶어 자주 빠졌다. 5학년 때 담임 선생님이 호랑이 같으셨는데 뛰어 놀기만 할 거면 학교에 오지 말라고 엄포를 놓으셔서 그길로 아예 못 가게 되었다. 대신 어머니가 교육을 많이 시켜 주셨다. 남한테 피해 안 주고 시집가서 화목하게 살아야 한다고 늘 가르치셨다. 스무 살에 결혼해서 딸 둘, 아들 하나 낳고 살아왔다. 어릴 때 공부를 하지 않은 것이 너무 후회가 되어 늦게 도서관에 다니며 배우고 있다. 사는 곳에 버스가 잘 다니지 않아 도서관에 오는 것이 무척 어렵지만 공부를 할 수 있다는 기쁨에 결석은 거의 하지 않는다. 지금 마음으로는 걸을 수 있는 동안은 도서관에 계속 다니고 싶다.

살살 깨끗이 닦아서 쪄 먹는 호박잎쌈

　친정에서는 호박 잎새를 쪄 먹어두 그릏게 자준 안 쪄
먹구 어쩌다가 먹었어. 우리 친정서 먹을 적엔 계란하구
두부하구 며르치볶음, 쏘세지 이런 거 잘 먹었거든. 주로
고구마, 보리감자, 그런 거 삶아 먹구. 근디 여기 시집와서
이릏기 보니까는 시어머니가 시누들 오믄 해 준다고 호박잎
따다가 깨끗이, 그것두 그냥 저기하게 하는 게 아니구
줄기를 그냥 하나씩 하나씩 살살살살 닦어 가지구 쪄서
밥이다 싸 먹어. 시댁이 그릏기 호박잎을 자주 먹었지.
시동생들이 좋아헌다고.
　지금도 호박을 심어 가지구 연한 거 따서 호박잎쌈을
남편이랑 자주 먹어. 근디 너무 자주 따믄 호박이 안
열린다구 그려서 연한 거만 따 갖구 해 먹어. 남편은 먹어
봐야 한두 장 먹는디 호박잎쌈은 인제 내가 더 좋아혀.

호박잎쌈

재료 호박잎 10장

1. 연한 호박잎을 딴다.

2. 껍질을 벗긴다. 껍질을 벗길 때는 줄기 끝을 살짝 꺾어 잎 쪽으로 당겨 준다.

3. 풋내가 안 나도록 살살 여러 번 씻는다.

4. 떡 찌는 시루에 호박잎을 가지런히 놓는다.

5. 푹 익히면 안 좋으니까 어지간히 무르게 찐다.

6. 너무 푹 찌면 으깨져서 밥을 싸 먹을 때 어려우니 잘 지켜야 한다.

❶ 연한 호박잎을 딴다.
❷ 줄기 끝을 살짝 꺾어 잎 쪽으로 당겨 껍질을 벗긴다.
❸ 풋내가 안 나도록 살살 여러 번 씻는다.
❹ 시루에 호박잎을 가지런히 놓는다.
❺ 푹 익히면 으깨지니 적당히 찐다.

김정순표

콩국수

1953년생 | 강원 춘천

    강원도 촌에서 자라 학교 갈 나이가 되었지만 아버지는 학교에 보내 줄 생각을 안 하셨다. 우기고 다니고 싶었지만 집안 사정을 뻔히 아는데 그럴 수도 없었다. 결혼해서도 강원도에서 살았는데 군부대 옆에 살다 보니 시동생이 어린 나이에 총알을 잘못 건드려서 손을 다쳤다. 우리 애들이 태어나니 시아버지가 애들 키우기 위험하다고 충청도로 이사를 하셨다. 남편은 오래전에 오토바이 사고로 돌아가셨고, 시어머님이 우리 애들 4남매, 딸 둘, 아들 둘을 다 키워 주셨다. 그 아이들이 커서 이제는 손주가 열 명이나 된다. 자식들 다 결혼시키고 공부가 너무 하고 싶던 차에 동네 친구가 도서관에 다니는 것을 보고 따라나섰다. 아직은 열을 배우면 하나가 머릿속에 들어올까 말까 하지만, 열심히 배워서 떳떳하게 말도 하고 간판도 읽고 혼자 서울도 가 보고 싶다.

맷돌에 갈아 제맛인 콩국수

　그전엔 맷돌에다 갈아서 해 먹었잖여. 그케 친정엄마
해는 거 보구 으른덜 해는 거 봤지. 시집와서는 배운 거
없어. 다 내가 해 먹은 거지. 여름에 많이 해지, 더울 적에
시원허게. 콩국수는 시원허게 먹는 거잖여. 큰아들네, 큰딸네,
작은딸네 오면 시원허게 콩국수 해 먹지. 특히 큰아들이
좋이허서 콩국수 먹고 싶다고 일부러 와.

　믹서기에 부르르 갈면 편하기는 허지. 그래두 맷돌에
갈아 먹는 맛만 못햐. 힘들어도 애덜 오면 맷돌에 갈아서
해 줘. 콩도 갈고 볶은 참깨도 같이 갈아 주믄 더 고소허고
감칠맛 나. 애덜이 먹는 모습 보믄 흐뭇하고 저절로
행복해져. 콩은 좋은 놈으루다 골라 사 오기도 하구 집이서
농사지믄 집에 꺼두 해 먹구 또 까만콩 섞어두 맛있드라구.

콩국수

재료 : 메주콩 1키로, 굵은 소금 2숟가락, 볶은 참깨 3숟가락

1. 콩은 좋은 놈으로 씻어서 10시간 정도 담가 놓는다.

2. 콩이 불으면 한 시간 반 정도 삶는다.

3. 삶아진 콩은 양재기에 담아서 팍팍 치대서
   껍질을 벗겨 낸다.

4. 맷돌에 콩을 간다. 이때 소금과 볶은 참깨를
   같이 갈아 준다.

5. 그냥 먹어도 되는데 나는 채에 걸러서
   맑은 물만 쓴다.

6. 냉장고에 시원하게 보관해도 좋고 얼음을 넣어도 좋다.

7. 국수를 삶아서 시원한 콩국물을 넣어 먹는다.
   오이를 채 썰어서 얹어 낸다.

❶ 콩을 씻어서 10시간 정도 물에 담가 불려서 1시간 반 정도 삶는다.

❷ 삶은 콩을 양재기에 담아 치대서 껍질을 벗긴다.

❸ 맷돌에 콩을 갈면서 소금과 볶은 참깨도 함께 간다.

❹ 간 콩을 체에 걸러서 묽은 콩 물을 쓴다.

❺ 국수를 삶고 냉장고에 보관한 시원한 콩 물을 붓는다. 얼음을 넣어도 좋다.

❻ 오이는 채 썰어 국수 위에 얹어 낸다.

메밀국수

김옥례 표

1935년생 | 전북 부안

　형제가 8남매였는데 동생들 돌보느라고 배우지 못했다. 군인 남편을 만나 결혼해 서울에서 살다가 부여 공기가 좋다고 해서 내려왔다. 살림하고 운동하고 도서관에 다닌다. 공부하러 다니면서 한 자라도 배우는 게 너무너무 재밌다. 다리를 삐끗해서 다쳤을 때도 지팡이를 짚고 나왔다. 동무들 만나서 이야기하고 가끔 여행도 가는 게 행복하다. 한번은 눈 내리는 날 송정 그림책 마을에 갔었는데 책도 읽고 도시락도 함께 먹으며 아이들마냥 즐겁게 시간을 보냈다. 글을 알게 되니 어두웠던 세상이 밝아진 것만 같다. 눈도 마음도 머리도 환해진다. 그래도 역시나 나이가 많으니 배운 글을 자꾸 잊어버리는 건 어쩔 수 없다. 자주 반복해서 쓰는 게 공부 비법이라면 비법이다. 성경을 두 번째 읽고 있는데 따라 쓰기도 해 보고 싶다.

시원하고 소화도 잘 되는 메밀국수

메밀은 소화도 잘되구 먹고 나믄 부대끼지 않아서
편혀. 여름에 더울 때 영감이랑 같이 해 먹어. 메밀전도
좋구, 메밀묵도 좋지. 메밀국수는 요리책 보고 내가
직접 해 본 건디 제일 맛있어들 허더라고.
메밀국수는 너무 많이 끓이믄 국수가 불으니께 먹기
좋게 잘 끓여야 돼. 무는 갈아서 재야 혀. 얇게 쓸어서
설탕, 식초랑 같이 재서 국수 삶아서 계란이랑 같이 넣어
먹어. 재료는 슈퍼에서 예쁘고 좋은 걸루 골라. 메밀국수
는 여름에 먹으믄 좋지. 나는 식당 잘 안 가. 조금 손이
가두 내가 해 먹는 게 최고지. 집에서 그냥 다 해 먹어.

메밀국수

생채-주먹 두께만 한 무, 식초 2큰술, 소금 뉴슈가 한 꼬집,
고명-계란지단, 오이채, 육수-명태포, 통마늘, 맛간장, 참치액젓,
양념장-고춧가루 3큰술, 다진마늘 1큰술, 설탕 1큰술, 식초 약간

1. 무를 생채처럼 가신* 다음 설탕과 식초를
   적실만치 넣고 소금과 뉴슈가를 한 꼬집 더
   넣어 버무린 후 하루 숙성.

2. 명태포와 통마늘을 삶아 익혀 채에 받쳐내고
   맛간장과 참치 액젓 1국자씩 넣어 간 맞춰,

3. 계란지단과 오이를 채 쳐 고명 준비해.

4. 양념장은 고춧가루, 다진 마늘, 설탕을 섞어
   준비해 둬.

5. 메밀국수를 팔팔 끓는 물에 넣고 끓어오를 때
   찬물을 살짝 부어 10분 정도 저어 가면서 끓이면
   둥둥 떠올라. 그때 먹어 봐서 삶아지면 불 끄고
   찬물로 살살 헹궈 내.

---

* 가신: 썬

❶ 무를 채 썰어 설탕과 식초를 무에다 넣고 소금과 뉴슈가를 1꼬집 넣어 버무린 뒤 하루 숙성시킨다.

❷ 명태포와 통마늘을 삶아 체에 받치고 간장과 참치액젓 1국자씩 넣어 간을 맞춘 뒤 육수를 준비한다.

❸ 계란 지단과 오이를 채쳐서 고명을 준비한다.

❹ 고춧가루, 다진 마늘, 설탕을 넣어 양념장을 준비한다.

❺ 메밀국수를 끓는 물에 삶다가 끓어오르면 찬물을 살짝 부어 10분 정도만 더 끓인다.

❻ 찬물로 헹군다.

방정순표

된장아욱
수제비

1948년생 | 충남 청양

© 이은지

    육성회비를 낸다는 건 가당치도 않은 시절이라 글을 배우지 못했다. 버스도 제대로 못 타고 지금까지 살면서 너무 답답했다. 그런데 글공부를 하고 나서부터는 마음대로 돌아다닐 수 있고, 노래방 기계로 노래도 검색해서 자막 보며 노래를 부를 수 있으니 얼마나 뿌듯한지 모른다. 소 일곱 마리, 닭 열두 마리를 키우며 남편이랑 같이 산다. 수술을 여러 번 받아서 그런지 기억력도 많이 떨어지고, 그전에 알던 것들도 자꾸 까먹는 것 같아서 걱정이지만 학교에 오면 스트레스가 풀린다. 나이 먹고 아프고 나서야 내가 나를 위하지 않으면 나를 위해 줄 사람이 없다는 걸 깨달았다. 나를 위해 살고 재미있게 살고 싶다. 도서관에서 동화책을 빌려 읽으며 '바늘귀를 끼다.'라는 표현을 배웠는데 책을 읽어서 스스로 알게 되니 참 좋았다. 기회가 된다면 중학교 과정도 공부하고 싶고 내 손으로 시도 써 보고 싶다.

비 오는 여름날 먹으면 일품인 된장아욱수제비

남편이 아욱국을 좋아혀. 글서 내가 개발혀서 평소에
자주 해 먹지. 딸들헌테 전수했는디 내 솜씨 못 따라가.
봄, 여름, 가을 다 맛나지만 특히 여름 비 오는 날에
먹으믄 참말 맛있어. 반죽헐 때 계란을 늫으야 반죽이
보들보들해져. 다시마, 마늘, 파, 멸치, 된장은 아끼지 말구
싹싹 늫으야 혀. 아욱은 늦게 늫으야 새파랗고 이뻐.
국이 끓어 다 익을 때쯤 마지막에 늫으야 혀. 아욱이랑
청양고추는 직접 농사짓고 된장은 내가 담궈. 손주들이
할머니 음식을 좋아혀. 손녀딸이 1학년인디 닭고기 해 주믄
할머니 닭이 젤루 맛있대.

된장아욱수제비

아욱 2웅큼, 밀가루 200g, 소금, 계란 3-4개, 방망이, 다시마 4-5조각
멸치 10개, 된장 한 숟저, 마늘, 파, 들깨 가루, 청양고추 2개

1. 아욱을 씻은 후 껍질을 벗겨.

2. 밀가루를 함지박에 넣고 소금, 계란, 물 반 국자를
   넣은 뒤 조물조물 늘며. 그리고 방망이로
   눌러서 썰어 둬.

3. 다시마, 멸치를 물에 넣고 팍팍 우려 낸 후
   된장을 한 숟저 넣고 끓여.

4. 물이 끓으면 반죽을 얇게 떠서 넣은 다음
   마늘, 파, 고추를 넣고 계속 끓여.

5. 마지막으로 들깨 가루를 넣어.

① 아욱을 찧어 껍질을 벗기고 씻는다.

② 밀가루를 함지박에 담고 소금, 계란, 물 반 국자를 넣어 반죽한다.

③ 밀가루 반죽을 방망이로 편다.

④ 다시마, 멸치를 물에 넣고 우린 뒤 된장을 1숟갈 넣고 끓인다.

⑤ 물이 끓으면 밀가루 반죽을 떠서 넣은 다음 아욱, 마늘, 파, 고추를 넣고 끓인다.

⑥ 마지막으로 들깻가루를 넣는다.

송희순표

추어탕

1936년생 | 충남 부여

일제 강점기에 태어났으니 학교 다닐 여건이 되지 않았다. 게다가 어렸을 때 체질이 약하고 잔병치레가 많아서 공부하러 다니는 것도 엄두가 나지 않았다. 세상이 이리도 바뀌고 배울 기회도 많아지니 이제야 학교를 나오게 되었다. 지금도 건강이 좋지 않아 병원에 다니지만 공부가 너무 하고 싶고 재미있어 한글 학교에 계속 다닌다. 자식 넷 키워 서울로, 대전으로 모두 출가시켰고 밭농사가 많아서 마늘, 파, 양파 농사짓느라 바쁘다. 토요일에는 음식 장만 봉사도 한다. 교회를 열심히 다니는데 글을 몰라서 늘 아쉽고 부족한 마음이 들었다. 어려웠던 성경 공부를 지금은 거뜬히 잘할 수 있게 되어 행복하다. 쓰는 만큼 실력이 느는 것 같아 무조건 많이 쓰면서 공부한다. 글공부만큼이나 산수 공부도 재미있다.

비 오는 날 바가지로 잡아다 해 먹던 추어탕

옛날에 집에 남자덜 많을 때는 논에서 직접 미꾸라지 잡어 와서 맨들어 먹었어. 망 놓구 밤에 불 꺼놓구 잡어. 특히 비 오는 날이믄 바가지루다 잡아 왔었지. 요즘엔 농약을 많이 쳐서 그렇게는 못 혀. 만들 때는 비린내 안 나라구 들기름, 생강 꼭 늫어. 생강 없으믄 울금* 가루도 괜찮어.

추어탕이 피곤헐 때 먹으면 눈이 번쩍 떠져. 그만큼 사람 몸에 좋아. 그리고 비듬나물 넣으믄 보드란 허니 더 맛있어. 계란은 꼭 다섯 개는 풀어서 넣어야 돼. 누구는 순두부 넣은 줄 알어. 이런 음식 어딨냐고 혀. 봄에 푸른 새싹 나오는 쑥 늫고 해 먹어두 눈이 번쩍 떠져. 계란이 들어가서 잘 쉬니께 여름엔 해서 금방 먹어야 돼. 가을에두 잘 먹으믄 좋으니 또 해 먹어.

* 울금: 강황

추어탕

미꾸라지 1kg(5인분), 들기름 , 고추장, 된장, 계란 5개, 부추,
파 잘게 썰은 양파, 시래기, 생강 (또는 울금), 소금

1 미꾸라지를 소금에 절여.

2 들기름을 넣고 볶다가 고추장, 된장, 물 넣고
  살이 다 녹을 때까지 푹 고와.

3 건져서 믹서에 갈아.

4 체에 밭쳐 건더기는 버리고 그 물에 계란
  풀고 부추, 파, 시라구* 넣고 끓여.

5 고추장으로 간을 해.

---

* 시라구: 시래기

❶ 미꾸라지를 소금에 절인다.

❷ 들기름을 넣고 볶다가 고추장, 된장, 물을 넣고 살이 다 녹을 때까지 삶는다.

❸ 미꾸라지를 건져 믹서에 간다.

❹ 갈아 낸 미꾸라지를 체에 받쳐서 건더기는 버린다.

❺ 거른 물에 계란을 풀고, 부추, 파, 시래기를 넣고 끓이다 고추장으로 간을 한다.

김익한표

고추튀각

1934년생 | 충남 공주

아버지가 아들은 학교를 졸업시켜야 하지만 딸은 안 보내도 된다며 싸리문을 잠가 버려서 4학년 때부터 학교를 못 다니게 되었다. 트럭 타고 이웃 마을로 시집와서 농사지으며 여섯 아이를 낳고, 고아가 된 시누이 아이들 셋까지 공부시키며 살았다. 흙 부뚜막에서 도시락 아홉 개를 썼고, 많은 식구에 먹을 것이 늘 부족하니 어렵게 살았다. 공부 못 한 것이 철천지 한이어서 남몰래 편지도 써 보고 누가 보면 감추기도 했다. 아들, 딸 다 시집 장가 보내고 한글 공부하러 다닌 지 10여 년의 세월이 지났다. 나이 먹어서 공부하는 게 부끄럽다고들 해도 용기를 내어서 계속하고 있다. 경필 대회에 나가서 상도 타고 자식들한테 편지를 써서 보내니 "우리 엄마가 이렇게 소중한 걸 보내셨다."라며 감동도 한다. 글씨는 꼭 다 깨치려고 지금도 밤에 몇 번을 깨서 외우고, 집 여기저기에 붙여 놓고 외운다.

농사지은 애고추로 아삭거리게 튀기는 고추튀각

시집간 친구가 이렇기 튀기면은 좋다구 하드라구. 툭 허믄
고추튀각 발러 놓구서 해 먹는디 아삭거리구 먹기 좋아. 애덜
오믄 우리 아저씨랑 옹기종기 앉아서 "엄마, 이거 맛있네, 어틍기
이릏기 맛있댜." 해 가며 먹지. 회관에두 갖다주믄 좋다구 잘덜
드시구 애덜 주고 상에도 놓고 마른으로 그냥 집어 먹기두 하고
반찬으로 벅고 그랴. 내가 농사져서 가을에 애고추를 따 가즈구서
해. 아주 쬐끄만 거 말구 어느 정도루 튀각을 해야지. 너무 크문은
또 안 되구 어지간한 애고추로 혀. 장에서 꽈리고추나 이런 것두 좀
사다가 해. 말른 거는 괜찮으니께 봉지다 늫어 놓구서니 버러지*
안 나게 놔뒀다가 아무 때구 겨울이두 튀겨 먹구 가을이두 튀겨 먹어.
고추를 큰 늠, 왕 늠, 매운 늠은 씨 발러 갖구서 식초이다가 물
붓구서 하룻저녁 재우므는 노랗게 떠. 가루를 한 번 발러 갖구 쪄
가지구 말려. 빼짝 말리지 말구 어지간히 말르믄 거다 하얀 가루
발르야 튀기믄 부허게 일어나지. 끓는 지름이다 그냥 늫구
뒤적거리면 금방 다 타 버려. 저붐*으루 건지믄 다 태우니께 후라이팬
들어 갖구서 쪼끄만 조랭이*루 건져야지. 얼릉 내놓구 소금 설탕
쩠어야* 돼. 그래야 젖은 디라 묻지. 바로 해야 혀.

※ 버러지: 벌레　　　　　　　※ 저붐: 젓가락
※ 조랭이: 조리　　　　　　　※ 쩠어야: 끼얹어야

고추튀각

재료 : 고추 밀가루 식용유 꽃소금(가는소금) 백설탕

고추튀각이 쪼끔 달러. 왜 달르냐. 가루를 발라서 넣어유.
고추는 생늠이루* 하는 게 아녀유. 고추를 바티서* 따와서 꼭지를 따.
그러고나서 고추에다 밀가루를 발라서 쪄서 볕에다 넣어서
채반에다 꼬들꼬들하게 말려. 밀가루를 또 발려
발러서 널어. 그럼 배짝 말려.
고추를 밀가루 발러서 넣으면 뽀야나니* 그렇게 말려 갖고서 튀겨.

기름은 인저* 내내 식용유로 끓는 기름이다 튀겨.
고추를 넣으면 부하게 일어나. 이건 얼릉 건져야 혀.
안 그럼 금방내 타유. 그거 놀 때는 불을 줄여 갖고서 해야지 안 그럼 타유.
꽃소금 가늘은 설탕 하얀 설탕 노란한 거 말고.
섞어서 뿌리는 병에다 늫 놔. 맨탕* 아닐겨.

기름하고 밀가루하고 그냥 하면 맛이 없어.
설탕하고 소금하고 해서 뿌려야지.

---

*생늠이: 갓 따서 물기가 있는 것   *바티서: 밭에서

*뽀야나니: 뽀얗게   *인저: 이제

*맨탕: 맹탕

❶ 고추 꼭지를 따 다듬은 뒤 밀가루를 바른다.
❷ 밀가루 바른 고추를 찐다.
❸ 채반에 꺼내 다시 밀가루를 바른 뒤 볕에다 말린다.
❹ 식용유가 끓으면 고추를 넣고 타지 않도록 얼른 건져 낸다.
❺ 하얀 설탕과 소금을 섞어서 뿌린다.

박영자표

도토리묵

1950년생 | 충남 홍성

ⓒ신욱미

　어려서 자주 아파 학교에 많이 빠졌지만 초등학교는 졸업했다. 글을 읽고 쓰는 데 어려움이 없으니 공부 못 한 아쉬움은 크게 없었다. 친구가 도서관에서 미술도 배울 수 있다고 해서 다니기 시작했는데 한글 교실에서 공부하며 부족함을 많이 느꼈다. 남을 돕는다는 것은 항상 행복한 일이니 열심히 공부해서 못 배워 어려운 사람들을 돕고 싶다. 요양 보호사로도 일했고, 밭이 있어서 채소도 키우고, 고구마도 심고, 마늘도 심는다. 마실도 다니고 콧노래도 부르고 혼자 흥얼흥얼 잘하며 즐겁게 산다. 그림도 그리고 싶고, 붓글씨도 잘 써 보고 싶고, 하고 싶은 게 참 많다. 엄마가 공부하러 다닌다고 하니 아들 며느리가 어깨를 으쓱으쓱하며 좋아해 주고 응원해 준다. 걷는 날까지 와서 열심히 하려고 한다.

자식들, 이웃들과 나눠 먹는 도토리묵

도토리묵은 어릴 적이 엄니가 하시는 거 보구 배웠어.
그땐 맷돌에다가 갈아 혔지. 근디 지금은 방앗간에 가서
갈아 오잖여. 요새 누가 힘들게 집에서 햐. 안 그랴? 우리
시어머님 살아 계실 적이는 시어머님 생신 때랑, 명절 때랑,
제사 때랑 혀서 꼭 쒔지.

지금은 시어머니두 낚편두 다 돌아가셔서 잘 안 해 먹지만
우리 며느리가 좋아하구, 손주들이 좋아해서 해 줘. 애들
싸 주느라구 하구, 이웃이 사는 노인 양반들 드리느라구두
해 먹어. 가끔씩 친구들 모임에 갈 때 만들어 가기도 햐.
맛있게 먹어 주니 참 기분이 좋아. 도토리는 내가 시간 날 때
산에 가서 주서. 먼 디 산은 못 가구 동네 옆이서, 야산이서.
혼자 가서는 쪼끔씩 쪼끔씩 자주자주 다니면서 주워다 모아.

도토리묵

재료: 도토리 가루, 소금, 들기름, 통깨, 흑임자

1. 도토리를 방앗간에서 갈아와서 체에 받쳐서 물을 빼는 거지.

2. 큰 다라에다 담아 3일정도 놔 두면 가라앉어.
   전분만 말려서 가루로 만들어. 도토리 가루가 되는거지.

3. 도토리 가루가 밥 사발로 하나면 물이 6개 들어가는데 붉을 수가
   있으니까 다섯에 반을 넣고 반은 놔뒀다가 묽은가 된가를 봐서
   놓는거유. 도토리물이 엉길 때 소금하고 기름, 통깨, 흑임자
   넣으면 좋아유.

4. 쑤다가 주걱을 들어 보믄 묵이 뚝뚝 떨어지면 잘 된거고
   주르륵 흐르면 가루를 물에 되게 개서 넣고 되면 물을
   좀 붓고 주걱으로 만니 저어서 끌 야지유.

5. 다 되믄 뚜껑을 덮으야 뜸을 들어야 묵이 좋아유.
   뜸을 안들이믄 차지지않어.

6. 10분 정도 뜸을 들였다가 두부판이나 그런디다 가두는 거지.
   10시간 ~ 12시간 굳으면 썰어서 먹으믄 되는거지.

전분

소금

❶ 도토리를 방앗간에서 갈아 와서 물을 붓고 치댄다.

❷ 큰 대야에 담아 3일 동안 두어 전분만 가라앉힌다.

❸ 전분만 따로 말려서 가루로 만든다.

❹ 도토리 가루 1그릇에 물 6그릇을 섞어 묽기를 조절하며 끓인다.

❺ 도토리 물이 엉길 때 소금, 들기름, 통깨, 흑임자를 넣고 묵이 똑똑 잘 떨어질 때까지 쑨다.

❻ 뚜껑을 덮어 10분 정도 뜸을 들인 후, 판에다 부어 10~12시간 굳힌다.

들깻잎튀김

방정자표

1949년생 | 충남 공주

홀어머니의 6남매 중 셋째로 태어났다. 힘든 생활에 어머니는 언니와 나를 학교에 보내지 않으셨다. 학교에 다니는 친구들이 하교하고 나면 뭘 공부했나 물어보며 어깨너머로 글을 배우기도 했다. 하지만 스스로 깨치고 익히는 것이 쉽지 않았다. 공부가 너무 하고 싶어서 아홉 살 땐가에는 학교까지 막 뛰어가서 교실만 쳐다보다가 돌아오곤 했다. 큰아들이 4~5학년쯤 되었을 때 "엄마, 공부해, 내가 가르쳐 줄게." 해서 구구단도 외웠다. 이제 글씨 쓸 줄 아니까 아들에게 편지도 쓰고, 손자 손녀한테도 편지 써서 두었다가 오면 준다. 틀린 글자 없냐고 물으면 "할머니 잘 썼어요." 한다. 우리 손녀도 내 생일 때 편지를 써서 준다. 도서관에 다니면서 학교 못 간 평생 한을 풀었다.

시어머님이 그리워지는 들깻잎튀김

첨이는 우리 엄니 하시는 거 보기만 혔어. 우리 시엄니가
콩탕*이랑 들깻잎이랑 허면 우리는 안 주구, 시아버님만
주셨지. 시아버님이 이걸 참 좋아해셨댔거든. 시집을 오니께
동네 사람들이 맨날 우리 집을 와서 '학교'라구 불르대. 동네
사람들 오믄 시어머니가 밥하러 나가니께 나두 따라 나가야지.
20년을 그렇게 살았어.

창호지 만들어 팔 때에는 종이 뜨는 걸 집이서 했는디, 나는
일꾼들 오는 날은 집이서 밥만 혔지. 나물 뜯어다가 반찬두 잘
혔어. 엄니가 말씀이 잘 읎으신데두 같이 음식하믄 "에미가
고생이 많다, 니가 큰며느리 노릇헌다." 하고 칭찬해 주시고
그랬어. 충청도서는 들깨로 요리를 많이 해 먹는디, 이것도
들깨 비기* 전이* 노릇 노릇할 정에* 따서 한철 해 먹는 음식이지.
가을에, 9월에 들깻잎 따서 해 먹으믄 시어머님 생각이 많이 나.

＊ 콩탕: 콩가루를 끓여 양념한 국   ＊ 비기: 베기
＊ 전이: 전에   ＊ 정에: 적에

들깻잎튀김

재료 : 들깻잎 2키로, 찹쌀가루 반 됫박, 소금, 설탕

1 들깨 이파리*를 밭에서 따와.

2 들깨 이파리를 물에다 깨끗이 씻어.

3 씻은 이파리를 소쿠리에 건져서 물기를 빼.

4 찹쌀가루는 물을 넣고 반죽을 해.

5 반죽은 물그스럼하게 하는대 질으면 또 안돼.

6 들깨 이파리에 찹쌀 반죽을 앞뒤로 잘 발러.

7 반죽 바른 이파리를 채반에 널어서 햇빛에
   고들고들하게 하루 정도 말려.

8 기름을 팔팔 끓여서 들깨 이파리 말린 것을 넣고 뛰겨.

9 퐁 하고 위로 뜨면 건져서 큰 소투리*에 건져서
   기름을 빼.

10 튀각에 소금하고 설탕을 적당히 뿌려.

──────────────────────────────

* 이파리: 잎
* 소투리: 소쿠리

❶ 들깻잎을 밭에서 따와 물에다 깨끗이 씻어 소쿠리에 건진다.

❷ 찹쌀가루에 물을 넣고 너무 되거나 질지 않도록 반죽을 한다.

❸ 들깻잎에 찹쌀 반죽을 앞뒤로 바른다.

❹ 반죽 바른 들깻잎은 채반에 널어서 햇볕에 하루 정도 말린다.

❺ 기름을 끓여서 들깻잎을 넣어 튀긴다.

❻ 위로 뜨면 소쿠리에 건져서 기름을 뺀 뒤 소금, 설탕을 뿌려서 완성한다.

최순자표

두부

1940년생 | 충남 청양

　시골에서 8남매 중 넷째로 태어났다. 아버지는 딸이라고 학교에 보낼 생각은 꿈에도 하지 않으셨다. 글을 모를 때는 불편한 일이 말할 수 없이 많았고 서울 딸네 집에 가다 길을 잃은 적도 있었다. 늦게나마 글을 배우고 나서는 전국 어디든 갈 수 있는 자신감이 생겼다. 처음에는 동네 친구 셋이서 도서관에 글을 배우러 다녔는데 두 분은 돌아가시고 지금은 나 혼자 다니고 있다. 여럿이 함께 모여 배우는 일이 그저 좋아서 부지런히 나온 것이 벌써 10년이 되었다. 평소에는 닭 세 마리 키우며 밭일도 하면서 혼자 산다. 강낭콩, 감자, 마늘 키워서 나도 먹고 자식들도 나눠 준다. 도서관에 오래 다니다 보니 함께 글 배우는 친구들이 친형제처럼 정이 들었다. 글씨를 잘 쓰고 싶은데, 손 관절이 아파서 아쉽다. 그래도, 그냥 왔다 갔다만 해도 공부하는 일은 참 좋다.

북적북적 모여 뜨끈뜨끈하게 해 먹는 두부

두부 만드는 건 시어머니한티 배웠어. 큰집이 바로
옆이구 시어머니가 거기 계시니께 같이 나눠 먹구 그렸지.
시어머니가 두부를 좋아허셨거든. 항상 "바느질도 잘헌다,
음식도 잘헌다, 우리 며느리 잘헌다." 칭찬 많이 듣구 살었지.
예전이는 애들 먹이려구 두부를 했지. 가을 바심*허구 동네에서
계 헐 때 사람덜이랑 다 같이 모여서 두부 해서 푸짐허게 먹구.
그때 여럿이서 같이 해서 나눠 먹는 게 좋았지.

어머니 안 계시니 인제 잘 안 해져. 두부는 명절 때 먹는디,
설 때 더 많이 해 먹지. 큰 타지에 나가 있는 자식덜이 집에 오믄
북적북적 음식 만들어 먹으믄 좋거든. 집에서 두부 해 먹으믄
힘들고 번거로워도 뜨끈뜨끈한 순두부 먹는 재미도 좋고
사 먹는 것보담은 맛있어.

* 바심: 타작

두부

재료 : 조콩 (하얀콩) 1말, 간수

1. 하얀 콩을 씻쳐서 저녁에 물에 담궈 놓는다.

2. 다음날 아침에 콩이 불으면 멧돌에다가 간다.

3. 큰 흩단지에다가 갈아 놓은 콩을 넣고 끓인다.

4. 저어 가면서 30분 정도 끓여서 자루에 넣는다.

5. 자루를 두부 틀에 넣고 막대기로 눌러서 꼬옥 짠다.
   (둘이서 같이 해야 편하다)

6. 자루 안에 젖은 비지가 되고, 두부 물은 다시
   솥에 넣고 간수를 요롷게 요롷게 골고루 붓는다.

7. 몽글몽글 순두부가 되고 네모난 상자에
   보자기를 펴고 순두부를 넣는다.

8. 무거운 틀을 위에 올려서 물기를 짠다.

9. 적당히 단단해지걸랑 썰어서 먹으면 된다.

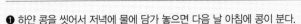

❶ 하얀 콩을 씻어서 저녁에 물에 담가 놓으면 다음 날 아침에 콩이 분다.

❷ 콩을 맷돌에 갈고 큰 솥에 넣어 저어 가며 30분 정도 끓인다.

❸ 자루에 부어 막대기로 눌러서 꼭 짜면 자루 안에 있는 것은 비지가 된다.

❹ 두부 물은 솥에 넣고 간수를 붓는다.

❺ 순두부가 되면 네모난 상자에 보자기를 펴고 넣어 물기를 짠 뒤 단단해지도록 둔다.

163

정진희 표

올망개묵

1940년생 | 충북 청주

   8남매 중 둘째 딸로 태어났다. 학교는 못 가고 서울 회사에서 일하다가 남편을 만나서 결혼했다. 남편이 회사를 그만둔 뒤로 남편 고향인 부여에 왔다. 글을 몰라 살면서 서러웠던 적이 한두 번이 아니었다. 친구들이 음악을 듣는다고 해서 따라갔다가 글도 모르는데 음악을 들을 자격이 되냐는 이야기를 들은 적이 있다. 상처받은 일들이 지금도 잊히지 않는다. 하지만 글을 배우고 나니 눈앞이 환해지는 것 같다. 아들 둘, 딸 하나 있는데, 첫째 아들은 가까이 살아서 자주 보고, 둘째 아들은 타지에 살아서 가끔 본다. 딸은 「대한민국 퀴즈 쇼」왕중왕, 「우리말 겨루기」왕중왕까지 했다. 내가 글을 배운다니 딸이 잘했다고 기뻐했다. 5개월 도서관 다니고 골든벨 대회에 나갔는데 1등을 해서 상금도 받았다. 지금 못 하면 두고두고 후회한다. 지금 열심히 해야 한다. 잘 몰라도 또 보고 또 보는 수밖에 없다.

어렸을 적 언니랑 캐 먹던 올망개로 만든 묵

어렸을 적엔 봄에는 먹을 게 읎고, 아무 할 일도 읎었어.
으른들이 논을 갈아엎어 놓으믄 언니랑 친구들 따라댕기
믄서 열매 따 묵고 그랬지. 기다란 풀 뿌렝이*에 있는 꺼먼
열매를 캐서 깨물어 먹으믄 그게 달었어. 나중에 보니 그게
올망개여. 우연히 마트에 갔는디 올망개 가루 라는 것이 있드
라고. 그걸루 묵을 해 먹었는디 꼰득꼰득 허니 맛있더라구.
　어머니한티 도토리묵 허는 것은 배웠지. 그걸로 올망개묵은
내가 해 봤더니 되드라구. 묵을 첨 해 보믄은 쪼끔씩 실수를
햐. 망치더라도 그냥 여러 번 해 보는 수밖에 읎어. 도토리는
산에서 주워 와두 올망개는 마트에서 사 오지. 봄이나 가을에
해서 친구랑도 먹구 식구들하고두 먹으믄 참 좋아.

＊ 뿌렝이: 뿌리

올망개묵

올망개 가루, 물

1. 엄지 반마디 되는 검정 열매(올망개)를 캐 쌀 씻는 거 마냥 박박 씻어.

2. 열매를 하얀 가루가 나오도록 빻고.

3. 물에 하얀 가루를 넣고 주물럭거려 가라앉으면 윗물은 버리고 아랫물을 계속 저으면서 25분 동안 끓여줘.

4. 끓인 것을 네모난 그릇에 퍼 냉장고에 넣지 않고 6시간 동안 밖에 둬서 굳히면 꼰득꼰득 맛있어져.

❶ 올망개를 쌀 씻는 것처럼 물에 씻어 하얀 가루가 나오도록 빻는다.

❷ 하얀 가루에 물을 넣고 주물럭거렸다가 앙금을 가라앉힌다.

❸ 윗물은 버린다.

❹ 아랫물만 계속 저으며 25분 동안 끓인다.

❺ 끓인 것을 네모난 그릇에 붓는다.

❻ 6시간 정도 밖에 뒀다가 굳으면 완성!

경철임표

늙은호박
지집이

1956년 | 충남 예산

©박지우

국민학교 입학을 했는데 한번은 배가 심하게 아파서 다니지 못했다. 배가 나아 다음 해 다시 학교를 다니던 중 엄마가 돌아가셨다. 집이 산골짜기라 어른이 데려다줘야 하는데 학교에 데리고 갈 사람이 없었다. 언니, 오빠도 객지로 나가 있어서, 어린 내가 아버지 밥해 드리고 살림을 도맡았다. 시집은 일찍 갔고 식당 일을 하며 살았다. 공부에 한이 맺혀, 시간 나는 대로 책 보고, 읽고, 쓰고 했지만 어려움이 많았다. 어려서부터 일을 해서 그런지 여기저기 많이 아파 더 이상 일을 못 하게 되었을 때 글을 배우러 오게 되었다. 오가며 교육원 간판만 보다가 용기를 냈다. 덕분에 '삶'에 리을이랑 미음이 들어간다는 것도 알았다. 공부란 자신을 위해서 하는 것이고, 중요한 건 하나씩 알아 간다는 것이다.

속이 꽉 찬 늙은호박으로 부치는 지짐이

호박은 참으로 버릴 게 읎지. 껍질로는 떡을 해 먹구, 씨도 꼬들꼬들 말려 겨울에 아랫목서 까 먹구, 호박 속은 박박 긁어 죽도 끓이고 지짐이도 해 먹어. 누가 부러워서 못생긴 호박이라 했나. 워치게* 물어볼까. 호박은 시장에서 사도 되고 심궈서 수확해도 되지. 호박이야 겨울 되면 꽉 차니께 지짐이는 겨울에 해 먹으닌 맛있지. 호박을 싸뚝싹뚝 쓸었잖아. 그걸 가지고 요래 껍데기를 까야 혀. 고구마, 감자 까는 칼 있잖여. 그걸 가지구 까면 편하지. 느므 잘게 자르면 채 썰기가 그렇잖여. 어느 정도 자기가 머리를 써 가지구 적당히 썰어서는 요즘 채 써는 거 나오잖여. 채칼. 그기다 그냥 밀면 돼. 그러고 전을 부칠라믄은 딴 거 많이 늫을 필요도 읎어. 소금하고 설탕하고 늫으문 돼. 잘은 몰러두 식당서 손님들 반찬으로 호박지짐이 내놨을 때 많이 없어지면 맛있는 거여.

내가 식당 일을 많이 했잖여. 영양사가 빼내는 대루 다 해내야 하거든. 그게 능력이거든. 이게 한 번도 안 해 본 사람은 얼떨떨햐. 하지만은 경험이 많은 사람은 그냥 하믄 되는 거여. 배운 게 아니라 그냥. 호박 보고 워치게 부쳐야 허나 생각하다 보믄은 껍데기를 까야 된다는 것두 상식으로 나오는 거고, 채를 썰어야 한다는 것두 나오는 거지.

* 워치게: 어떻게

늙은호박겨김이

1. 늙은 호박을 싹둑싹둑 썬다.

2. 껍데기를 칼로 까고 숟가락으로
   안을 북북 긁어놓고

3. 밀가루와 물. 늙어 호박을 손으로
   조물조물 반죽한다.

4. 소금과 설탕을 솔솔솔 붙는다.

5. 후라이 팬에 약하게 익힌다.

❶ 중간 크기의 늙은 호박을 4조각으로 썬다.

❷ 껍데기를 칼로 까고, 숟가락으로 안을 긁어 채를 썬다.

❸ 밀가루 1대접, 물 2대접 반, 채 썬 호박을 그릇에 넣는다.

❹ 소금 1숟갈, 설탕 5숟갈을 솔솔 뿌리고 손으로 반죽한다.

❺ 프라이팬에 반죽을 올려 기름이 튀지 않도록 약하게 굽는다.

❻ 다 익으면 완성!

공숙필표

손만두

1939년생 | 강원 홍천

　10리는 걸어가야 학교가 나오는 시골에서 자라 학교 다닐 엄두를 못 냈다. 그러다 육이오 전쟁이 일어났고 아홉 살에 가족들과 피난 나와 아예 학교를 못 다니게 되었다. 열네 살에 공장에 들어가 베 짜는 일을 했다. 당시에 번 돈으로 한 달에 보리쌀 한 가마니, 쌀 한 가마니는 살 수 있었다. 남들은 공부해서 책도 읽는데 일만 하느라 공부할 생각은 하지도 못하는 내 상황이 답답하고 속상하기만 했다. 작은아들이 엄마 마음을 알고 글 배울 수 있는 곳을 알아봐 줘서 오게 된 것이 어느새 10년이 되었다. 보행기 끌고서 둑방 길 따라 꽃도 보고, 바람도 쐬며 신나게 다닌다. 이제는 책도 읽고 마음속에 담은 말을 글로 쓸 줄도 알게 되어 행복하다. 가끔 상도 타는데 그러면 기분이 좋아서 대문 앞에 들어서면서부터 자랑한다. 나는 선생님, 자식들에게 편지도 쓸 줄 아는 멋쟁이 엄마다.

자식들 먹이려고 힘든 줄 모르고 빚는 손만두

옛날에 친정엄니 하는 거 보구 어깨너머루다 배웠지.
엄니가 이북 사람이라 주먹만 허게 크게 맨드셨어. 애들
어렸을 적엔 내가 만들어 줬는디, 지금은 우리 딸덜이 더
잘혀. 엄마가 평생 해 주던 음식이라 애들두 디게 맛있다
그러지. 산 거부다*. 둘째 아들은 자다가두 인나서 먹어.
울매나 좋아허는지.

자식들 오믄 해 놨다 주느라구 명절 때 아무래두 많이
해 먹지. 차 밀릴 때 가면서 먹으라구 쪄서 보내. 그러믄
엄마 솜씨 좋다구 아주 인기랴. 그래서 자꾸만 해 주지, 내가.
김장하러 올 때두 해 가지구 먹어. 손이 가도 애들 멕일 거는
힘든 줄도 물러. 물을 끓여서 밀가루를 치대야 쫀득허니
맛이 나. 당면이며 김치며 두부, 숙주 다 자지잘게* 쓸어
늫어야 만두 맛이 좋은겨.

* 산 거부다: 산 것보다
* 자지잘게: 자디잘게

173

손만두

재료: 두부3모, 고기2근, 당면2키로, 찰밀가루3키로,
김치7쪽, 마늘5통, 다진파 한줌, 계란7개, 들기름3숟갈,
깨소금 많이, 숙주나물 한바가지

1. 밀가루에 뜨거운 물을 늫구 손으로 조물조물 주물러서
   마구 치대 봉지에 느서* 한 시간쯤 느놔유*.
   물을 끓여서 느야 쫀득대.

2. 당면을 삶아 건져서 칼로 잘게잘게 다져유.

3. 김치도 송송 썰어 놓고 마늘 갈고 다진파, 두부 으깨 놓고
   숙주나물은 끓는물에 삶어서 자지잘게 쓸으야대.
   김치, 두부, 숙주나물을 다함께 짤순이다가 짜.

4. 꼬옥 짠 김치, 두부, 숙주나물에 계란, 들기름을 늫구
   다진파를 늫구 다 섞어. 막 섞어야해. 치대야지. 섞을라믄.

5. 치댄 찰밀가루를 둥그렇게 밤톨만하게 짤러서
   방망이로 밀어가지구 속을 너서 이쁘게 만들어유.

6. 오봉이다*놓다가* 다 만들어서 솥이다 쪄야지.

---

* 느서: 넣어서   * 느놔유: 넣어 놓아요
* 오봉이다: 쟁반에다   * 놓다가: 놓았다가

❶ 밀가루에 뜨거운 물을 넣고 손으로 주물러 치댄 뒤 봉지에 넣어서 1시간쯤 둔다.

❷ 김치, 삶은 당면을 잘게 썬다.

❸ 두부는 으깨서 꼭 짜고, 숙주나물은 끓는 물에 데쳐 잘게 썬다.

❹ 김치, 숙주나물, 삶은 당면, 두부, 다진 파, 들기름을 함께 섞어 치댄다.

❺ 밀가루 반죽을 밤톨 만하게 잘라서 동그랗게 한 뒤 방망이로 민다.

❻ 속을 넣어 빚은 만두를 솥에 찐다.

4부

간식

떡은 아무래두
한 짐이 나가야
쫄든한 겨

김 용선표

영양떡

1943년생 | 충남 천안

　오빠 하나, 언니 하나에 내가 막내여서 귀여움을 많이 받으며 자랐다. 국민학교 1학년에 들어가 기역, 니은을 배우고 있는데 육이오 난리가 일어났다. 학교는 못 갔지만 아버지가 집에서 조금씩 가르쳐 주셔서 받침 없는 글씨는 읽고 쓴다. 막내딸 꾸중 한 번 안 하시고 애지중지해 주신 아버지도 돌아가신 지 50년이 되었다. 스물다섯 살에 천안으로 시집가 아들 하나, 딸 둘을 두었다. 서울에서 40여 년 생활하고, 10년 전에 천안으로 내려왔다. 한글은 제대로 모르지만 한문은 좀 배워서 쓸 줄 안다. 그래도 한글을 모르니 불편한 점이 많아 퇴직하고 나서야 제대로 배워 보려고 공부하러 다닌다. 예순이 넘으니 공부 머리가 나빠져서 잘 외워지지 않지만 반복해서 써 보며 조금씩 좋아지고 있다. 내가 말하는 것들을 모두 써 보고 싶고 편지도 써서 자식들, 친구들에게 보내고 싶다.

나만의 특기로 안 질고 안 달게 찌는 영양떡

친정엄니 허는 거 배웠지. 울 친정엄니가 다 잘혀. 울 시엄니는
못 혔어. 떡을 찌기 전에 방이랑 창문 다 닫고 화장실을 먼저 다녀
와야 혀. 그래야 떡이 울지도 않고 잘 쪄져. 영양떡이란 게 별거
읎어. 찹쌀가루에다가 다 섞어. 시루에다가 설탕 한 고봉 넣구서
요렇게 반 더 넣으면 달지도 않어. 떡을 찔 때는 질시루*가 물을 잘
믹어시 훨 좋아. '난 켜떡*을 치면 통팥을 놔. 하루 불궈 물기 말려서
켜를 놔서 떡을 찌면 정말 맛있어. 사는 건 달어서 못 먹어. 그리고
면보*를 덮어여 혀. 왜 덮냐 허면 김이 나야 쪄지잖아. 면보를 안
덮으면 김이 다 떡으로 들어가서 떡이 질어. 떡은 질으믄 맛읎어.

센타 사람들이 맨날 떡만 쪄 오랴. 몇 달에 한 번씩 1년이면
서너 번씩 쪄다가 먹였어. 그럼 떡 맛있다고 나눠 먹어. 안 잡수는
양반들도 다 잡숴. 떡 먹어 본 사람들은 떡장사 하라구 난리였지.
나는 떡을 금세 쪄. 요리야 다들 잘하지 나만 할 수 있는 게 어딨
것어. 근디 이 떡은 아무도 못 햐. 옛날 노인네들도 못 햐. 고것만
내 특기여. 어떤 사람은 설어서 못 찐다는디 난 하나도 안 설어.
찰떡은 잘 안 익으니께 방앗간에서나 허지 집에서 하는 사람 읎어.
근디 내가 하믄 잘 익어.

* 질시루: 떡이나 쌀을 찌는 데 쓰는 둥근 질그릇
* 켜떡: 켜를 지어 만든 떡   * 면보: 면포, 면실로 짠 천

영양떡

1. 찹쌀가루를 물에 담구고 빻는다.

2. 찹쌀가루를 대추, 까만콩, 강낭콩을 올린다.

3. 설탕과 소금으로 간을 한다.

4. 면보로 덮어 준다.

5. 길시루*로 떡을 찐다.

---

* 길시루: 질 시루

① 대야에 찹쌀과 물을 넣고 빨는다.
③ 설탕과 소금으로 간을 맞춘다.
⑤ 시루에 떡을 찐다.

② 찹쌀가루에 대추, 까만콩, 밤, 강낭콩을 올린다.
④ 면포로 덮는다.
⑥ 영양떡 완성!

수미자표

식혜

1942년생 | 일본

　일본서 태어나 세 살에 한국으로 왔다. 육이오때 부모님이 한꺼번에 돌아가시고 혼자 살아남았다. 형제자매도 없이 오갈 데 없는 고아로 떠돌다 오랫동안 절에서 생활했다. 새벽 3시 반에 일어나 저녁 9시까지 절 일은 많고도 많았다. 공부할 새가 없었고 못 배운 한이 커서 혼자 울기도 많이 울었다. 몇 해 전 절에서 속세로 나왔다. 세상 물정을 몰라 한동안 고생도 많이 했다. 결혼도 하지 않아서 외로울 때도 있지만 힘들다고 생각하지 않고 항상 즐겁고 행복하다는 마음으로 지낸다. 좋은 마음으로 살아야 좋은 글씨도 나오고 좋은 말도 나오고 더 예쁜 마음으로 살 수 있다. 눈이 오나 비가 오나 바람이 부나 물길 따라 산길 따라 노년에 공부하러 오는 게 낙이다. 아무리 어려운 일도 조금씩 조금씩 계속 반복하면 차곡차곡 쌓인다. 중학교도 가고 싶고, 장구를 배워 어르신들 위한 자원봉사도 신나게 다니고 싶다.

40년 동안 만들어 온 전통 비법, 식혜

젊어서는 절에서 있었으니께 오는 사람들헌티 항아리에서
퍼 온 시원한 식혜를 많이도 나눠 줬지. 절에서 만든 게 좀
특이허지. 설탕이 안 들어가도 식혜가 달달혀. 손이 많이
가고 신경이 많이 들어. 근디 신경 많이 쓰면 맛이 더 들어.
음식도 다 요령 있게 하는 거여. 다 순서가 있는 거여. 정성이지.

쉽게 쉬어서 그렇지, 식혜 잘하믄은 좋아. 잣 넣구 호두
넣구 대추 채 썰어서 넣구. 나는 되게 정성껏 허니께 남이
먹고는 맛있다고 하믄 즐겁고, 내가 먹어 보믄 맛있고 그렇거
든. 근디 사람이 성격이 다르지. 내가 한 것이 더 맛있을 수
있고 남이 해 준 게 더 맛있을 수 있고 그랴. 긍께 냄새를 맡기
때문에 질려 버릴 수도 있겠지마는 내 자신이 음식을 혀서
모든 사람이 먹구 맛있다, 즐겁다 하믄 항상 즐거운 마음으로
그렇게 하구 싶어.

동동동 식혜

1. 찰쌀을 꼬도박*으로 찐다.

2. 엿질금*을 쳐대서 물이 말갛게 가라 안쳐 놓구

3. 꼬도밥과 엿질금을 전기 밥통에 삭혀.

4. 밥알이 동동 뜰 때 그것을 40분 동안
   중불로 자글자글 끓이면 인쟈 식혜를 찬물에 식혀.

5. 그라고 대추 씨를 다 빼서 다다다 다져.

6. 식혜다 대추, 잣을 한 스푼 느어.

☆ 35살부터 만든 42년 전통의 맛이다.

---

* 꼬도박: 고두밥
* 엿질금: 엿기름

❶ 찹쌀 1되를 물에 30분 불린다.

❷ 엿기름 1근을 물에 치대어 말갛게 가라앉힌 뒤 엿기름물만 쓴다.

❸ 고두밥과 엿기름물을 전기밥통에 넣어 밥이 동동 뜰 때까지 삭힌다.

❹ 삭힌 물을 40분 동안 중불로 끓인 뒤 찬물에 식힌다.

❺ 대추 씨를 빼고 다진다.

❻ 식힌 식혜에 대추, 잣을 1숟갈씩 넣고 필요하면 얼음을 넣어 먹는다.

최봉화 표

약밥

1941년생 | 충북 청주

　국민학교 1학년 때 육이오 난리가 났다. 진천 외가댁으로 피난을 갔다 돌아왔지만 난리 통에 맏딸인 나는 할 일이 많았다. 동생들 봐주고 논농사, 밭농사를 지었다. 밑으로 동생들이 여섯이었는데 동생들은 모두 공부를 했고 나만 학교를 못 다녔다. 엄마가 말은 안 해도 마음 아프셨을 것이다. 동생들이 학교 다니며 구구단을 외면 따라서 구구단은 외웠다. 그런데 글 씨를 보면 그냥 보고 지나가기만 하지 쓰질 못했다. 남편은 동갑으로 당시 결혼하기엔 이른 나이였다. 하늘 같은 시할머니가 손주며느리가 보고 싶 어서 군인이었던 남편과 결혼을 시켰다. 베트남 전쟁 파병에 다녀온 남편 은 항상 손님 같았다. 시부모님을 모시며 아이들을 키우다 보니 공부할 시 간이 없었다. 그래도 아이들이 다 공부를 잘하고 석박사를 해서 엄마 머리 닮아 그런다고들 한다. 한글 공부 하는 게 얼마나 재밌는지 모른다.

186

손이 많이 가고 오래 걸려도 정성껏 만드는 약밥

이건 요리 강습으루다 배웠어. 젊을 때는 사람 많은 데 가서
배우구, 갔다 오믄 집에서 바로 해 먹어 봤어. 반찬두 배우믄 당장
해 먹구, 테레비에서 특별한 걸 만들면 메모해 놔. 옛날에는 으른
모시고 살고 허니까 그러질 못했는디 애기들이 엄청 좋아허니까
하게 되더라고. 잘하는 음식이 읎는디, 남편이 약식만 허믄 츠음
부텀 잘힌디고 칭찬헤 주더라구. 우리는 어디 갈 때 약식을 해
갖구 가. 절을 다니께 스님 생신 때나 우리 아버지 생신 때,
시으른 제사 때두 해 갖고 가구. 할머니 손맛을 애들이 대를 타고
먹으니까 좋더라구. 우리 딸두 엄마 맛을 잘 내. 딸은 엄마 닮어.
약밥이 쉽진 않지. 오래 걸려. 대충 하는 건 안 혀. 찹쌀을 깨끗
하게 씻어 갖구 불려서 쪄. 건져서 시루에다가 포옥 쪄. 간장은
큰 병을 사서 유리병에다가 딸궈* 오래 놔두면 깐작깐작* 해져.
그럼 간장이 까맣구 맛있어. 너무 달으면 안 되구 밤, 대추씨
빼 가지고 씻어 넣어. 다 쪄서 양념 버무리고선 비니루 싸서 꾹꾹
손으로 다져야 돼. 밀대로도 판판하게 쭉쭉 밀고. 이렇게 손이
많이 가.

* 딸궈: 따라
* 깐작깐작: 농도가 진해지고 간장 색이 깊어

약밥

1 일단 찹쌀을 씻어서 6시간 이상 담군다.

2 찹쌀을 시루에다. 쪄지면 그릇에 쏟는다.

3 검은 설탕 1키로에 반을 넣는다. 소금도 조금 넣는다.

4 챙기름* 반 병하고 몽고 간장을 넣는다.

5 밤. 대추. 호두를 넣고 버무린다.

6 그리고 다시 시루에 찐다.

7 네모판에다가 비닐을 깔어서 쏟아서
   누르고 위에다 잣을 뿌린다,

8 그리고 다시 꾹꾹 눌러서 네모판 위에
   무거운 것은 눌러서 시원한 데다 내놓는다.

9 굳은 다음에 네모나게 썰어서 먹는다.

---

* 챙기름: 참기름

❶ 찹쌀을 씻어서 6시간 이상 물에 불린 뒤 냄비나 시루에다가 찐다.

❷ 그릇에 찐 찹쌀과 흑설탕 1봉지 반 그리고 소금을 조금 넣는다.

❸ 밤, 대추, 호두를 넣고 버무린다.

❹ 참기름과 간장으로 간을 맞춘 뒤 냄비(시루)에 찐다.

❺ 네모 판에다 비닐을 깔아서 찹쌀을 쏟고 위에 잣을 뿌린다.

❻ 꾹꾹 눌러 네모 판 위에 무거운 걸 올려두고 냉장고 같은 시원한 곳에 두었다가 잘라 먹는다.

민일덕표

콩죽

1941년생 | 충남 홍성

　국민학교 1학년 때 반장도 하고 공부도 잘했는데 한 학기 다니고 전쟁이 나서 아버지가 학교에 안 보내셨다. 오빠를 잃은 아버지는 전쟁 끝나고도 딸이 죽을까 봐 학교에 보내지 않으셨다. 날마다 울고 떼써도 되지 않았다. 지금 같으면 아버지가 말려도 갔을 텐데 그때는 안 보내 주시니 엄두를 내지 못했다. 군대 간 아들이 편지를 보냈는데 읽을 수도 없고 답장을 써 줄 수도 없어 마음 아팠다. 글을 배우니 어디 가서 자신 있게 쓱쓱 쓸 수 있어 좋다. 남편과 아들과 소 60마리 키우며 산다. 처음에는 공부 내용이 머릿속에 잘 들어가지 않아서 다닐까 말까도 했지만 지금은 여기 오는 날만 기다린다. 이 나이 먹어서 어딘가 갈 데가 있다는 게 정말 행복하다. 세상에서 우리 엄마가 최고로 똑똑하다고 아들 며느리가 말해 줄 때는 기분 최고다. 공부를 더 해서 아들, 며느리, 딸에게 편지를 쓰고 싶다.

맛있다는 칭찬에 힘든 줄 모르고 쑤어 먹는 여름 별미, 콩죽

콩죽은 결혼 전에 친정엄마한티 배웠지. 그리고 시집을 와서
콩죽을 쒔더니 시어머니가 "맛있게 잘 쑤었다."라며 잘 드셨지.
나는 콩죽 헐 때 당근을 자지잘게 쓸어서 늫는디, 색깔 나라구 늫는
겨. 달짝지근하구 색깔두 이쁘니께. 여름에 밥맛 없을 때 해 먹으믄
좋지. 별미잖여. 해 먹기 어려워서 자주는 못 해 먹어. 이 콩죽은
파는 데두 읎써. 울 애덜은 엄마 어렵다구 해 달라구두 안 혀. 내가
그냥 먹구 싶으믄 해서 먹구 주구 그러지.

남편이 콩죽을 쑤면 "당신은 워째 이렇게 맛있게 잘 쑤어."라고
햐. "맛있게 잘 먹었소."라고 하믄 기분이 참 좋지. 큰아들이
"엄마는 콩죽도 맛있고 빈대떡도 맛있고 뭐든지 맛있게 잘도
하세요."라고 하면 힘든 줄도 모르고 또 음식을 준비허지. 며느리들
셋이가 "어머님은 너무 맛있게 잘하세요. 우리 어머님은 어려운
줄도 모르고 우리가 잘 먹으면 많이도 해 주세요."라고 하믄 또
나는 힘든 줄도 모르고 기분이 좋아져.

콩죽

재료: 쌀 반되, 종콩* 한되, 소금, 당근,

1. 종콩은 깨깟이* 씻쳐서 물에 담거.

2. 한두어 시간 담거야지.

3. 불린 콩을 인거 중간 불로다가 삶어야거.

4. 삶은 콩을 싹싹 손으로 다 비벼서 콩 꺼풀을 벗겨.

5. 쌀을 깨깟이 헹궈서 깨깟한 물에 담거.

6. 콩을 믹서기에 갈어.

7. 간 콩을 채반에다 걸러.

8. 솥단지에다 콩물을 붓고 팔팔 끓인 담에
   쌀을 넣어.

9. 당근을 자지잘게 쓸어서 콩물하고 쌀 끓이는
   디다가 넣어.

10. 어지간히 죽이 되어 간다 싶을 때
    소금으로 간해서 먹어.

---

* 종콩: 빛이 희고 알이 잔 콩   * 깨깟이: 깨끗이

❶ 종콩을 깨끗이 씻어서 1~2시간 물에 담근 뒤 중간 불로 삶는다.

❷ 삶은 콩을 손으로 비벼서 콩 꺼풀을 벗긴다.

❸ 쌀을 깨끗이 헹궈서 물에 담가 둔다.

❹ 콩을 믹서에 간다.

❺ 간 콩을 채반에 걸러 솥에 팔팔 끓이다 쌀을 넣고 잘게 썬 당근도 넣는다. 죽이 되어 가면 소금으로 간
한다.

황은지표

도나쓰

1949년생 | 경기 수원

　어릴 때 육이오 피난길에 엄마를 잃어버려서 이모 집에서 자랐는데, 집 안일 돕느라 학교는 가지 못했다. 나중에 엄마를 찾았는데 형편이 어려워서 함께 살지 못하고 서울에서 직장 생활을 하다가 결혼한 뒤 엄마 계신 부여로 내려왔다. 노인 병원에서 일을 할 때 일지를 쓸 수가 없어 짝꿍에게 써 달라고 하고 대신 일해 주곤 했다. 공부를 하고 나서 가장 좋은 건 액기스를 담글 때 몇 월 며칠에 담갔는지 스티커에 써 유리병에 붙일 수 있다는 점이다. 도서관으로 오는 날 매번 정류장까지 태우러 나오는 남편이 너무 고맙다. 빨리 운전면허를 따서 남편 일할 때 새참을 갖다 주고 싶고, 친구들과 선생님을 태우고 드라이브도 하고 싶다. 글도 더 배워서 일기도 쓰고 가계부도 쓰고, 밭에 언제 뭘 심었는지도 적어 두고 싶다. 단어에 받침이 있으면 '을'이 오고, 없으면 '를'이 오는 걸 배우고는 정말 뿌듯했다.

두 번 튀겨 바삭하고 색이 예쁜 도나쓰

　요양 병원서 10년을 근무허며 도나쓰 만드는 걸
배웠지. 도나쓰 혀서 이웃집들이랑 노나 먹으면 참
맛있다고 혔어. 농사짓지 말구 장사허라고 하드라구.
도나쓰는 기름을 두 군데루 해서 튀겨야 혀. 기름
하나는 약한 온도로 허구 다른 하나는 강한 온도로 햐.
약한 서에시 힌 번 튀기고, 강한 거에서 한 번 튀기게.
강하게 한 번만 튀기믄 겉에는 타고 속에는 안 익어.
긍게 한 번은 약하게 해서 속을 익히고 한 번은 강하게
해서 겉을 바삭허게 하고, 색깔도 예쁘게 내.
　도나쓰는 가루 사다가 반죽혀. 큰 동그라미는 주전자
뚜껑으로 내구 가운데 작은 동그라미는 소주잔으로 해서
모양을 냈는디, 지금은 그냥 찹쌀로 꽈배기 모양으로두
만들어서 해. 사시사철 해 먹어두 맛있어.

도나쓰

찹쌀가루 종이컵 세 컵, 우유 반 컵,
계란 1개, 설탕

1. 찹쌀가루를 넣고 계란, 우유를
   넣어 많이 치대.
2. 두 개의 냄비에 하나는 약불,
   하나는 조금 센불로
3. 온도는 소금을 조금 넣어서 쟁하고
   소리나면 넣으면 돼.
4. 먼저 약불에 넣고 타지 않게
   자꾸 저어 줘야 해.
5. 센불에 옮겨 색이 나오면 기름 빼고
   설탕을 묻히면 돼.

❶ 찹쌀가루를 종이컵으로 3컵 넣고 계란과 우유를 섞는다.

❷ 많이 치대서 반죽을 만든다.

❸ 반죽을 펴서 도나쓰 모양으로 잘라 낸다.

❹ 기름은 소금을 넣어 쨍 소리가 날 때까지 끓인다.

❺ 약불에 올린 기름에 도나쓰 반죽을 넣어 타지 않게 저어 주다가 센 불로 끓인
  기름에 다시 도나쓰를 넣어 튀겨 색이 나오면 건진다.

❻ 기름을 뺀 뒤 설탕을 묻힌다.

우종순 표

팥죽

1933년생 | 충남 홍성

셋째 딸로 태어났고 밑으로 다섯 동생이 있었다. 베 짜고, 삼 삼고, 밭 매고, 콩 두드리느라 학교는 갈 수가 없었고 고생을 많이 하며 자랐다. 홍성에서 나서 유성, 부여, 천안으로, 대전으로 여기저기 많이 옮겨 다니다가 결국 살던 집에 새로 길이 나면서 부여로 오게 되었다. 지금은 남편과 둘이 살림하고 소일거리를 하며 지낸다. 평생 일만 하며 바쁘게 살아오다 이제야 도서관에 나와 한글을 배울 수 있게 되었다. 몸이 여기저기 고장 나고 아픈 곳이 많아서 침도 맞고 주사도 맞고 병원도 다니지만 막내딸이 사 준 유모차를 끌고서 학교는 꼭 나온다. 시험을 봐서 빵점을 맞아도 공부하러 오면 즐겁다. 인생길 걸어 보니 첫째 중요한 것이 건강이고, 둘째 중요한 것이 공부다. 건강이 허락하는 한 계속 학교에 다니고 싶다.

재앙과 병을 쫓는다는 여름 보약, 팥죽

어머니 하는 거 곁넘어서* 보구 허는 거지 머. 옛날에는
이유 없이 아프믄 동토* 났다구, 동토잡이 한다구 팥죽
쒀서 장꽝*에 놓고 빌기도 허구, 마당에 콩이랑 팥도 버리구,
소금도 뿌리고 그렸어. 창문에다 칼로 가위표도 그시고*
별짓 다했지. 소 넘어가는 거에 놀라서 아픈 게 달아난다구
멍석으로 말아서 마낭에나 놓고 그 위를 소가 넘어가게도 했어.
여름에는 보약이라 해서 먹구, 아무 때나 해서 먹어.
팥죽 만들기 쉬워 보여두 어려워. 팥죽을 끓일 때 쌀을
늫어야는디 너무 익으믄 불어서 맛이 읎어. 죽이 뜨거우니께
조심해야 혀. 한 솥단지 끓이면 사람들헌티 와서 먹구 남으믄
가져가서 먹으라구 챙겨 줘. 예전에는 팥 농사를 져서 했어.
팥을 봄에 심어서 더 있다가 가을 되믄 노오랗게 익어. 따서
말려서 두드리면 껍데기가 부서져. 그놈으루 팥죽을 혀.
여름에 먹으믄 보약 먹는 것보덤 더 좋아.

* 곁넘어서: 어깨너머로
* 동토: 동티, 땅, 돌, 나무 따위를 잘못 건드려 지신을
　화나게 하여 재앙을 받는 일. 또는 그 재앙
* 장꽝: 장독대
* 그시고: 긋고

팥죽

쌀 1되, 찹쌀 1되, 물, 앵두팥 1되 조금 더, 소금 약간

1. 쌀과 찹쌀을 적당히 씻어 불린다.

2. 냄비에 물 많이 잡아 쎈불로 3-4시간 앵두팥을 끓이다가
   팥알이 쩍 벌어지면 손으로 뭉개봐서 익었다 싶으면
   채에 받쳐 손으로 치댄 팥물을 만든다.

3. 찹쌀가루는 팥물을 넣어 반죽해 새알심을 만든다.

4. 팥물을 끓이면서 계속 타기 않게 저어. 그때 씻킨
   쌀을 소금과 새알심을 넣고 저어 가며 끓이면
   둥둥 떠올라 와. 국자로 떠서 맛 봐.

❶ 쌀과 찹쌀을 씻어 물에 담가 불린다.

❷ 팥을 3~4시간 센 불로 끓이다가 팥알이 벌어지면 손으로 뭉개 본다.

❸ 익었으면 체에 받쳐 치댄 뒤 팥물을 만든다.

❹ 팥물을 끓이면서 불린 쌀을 넣고 타지 않게 젓는다.

❺ 찹쌀가루에 팥물을 넣어 반죽한 뒤 새알심을 만든다.

❻ 팥물에 새알심과 소금을 넣어 저어 가며 새알심이 떠오를 때까지 끓인 뒤 국자로 떠서 맛을 본다.

방재남표

술빵

1942년생 | 충남 공주

입학할 나이가 되었지만 집안은 가난했고 전쟁이 나서 학교 갈 생각을 하지 못했다. 처녀 시절에 청년들이 운영하는 마을 야학에서 이름 석 자를 배웠지만 글을 더 배울 수는 없었다. 우편물이 오면 읽을 수가 없으니 자식들에게 우편을 다시 보내며 불편하고 답답하게 살아왔다. 도서관에서 글을 배울 수 있다고 해서 내 발로 찾아왔다. 여기 와서 친구들과 함께 공부하며 요즘 가장 행복한 시간을 보내고 있다. 우체국에 가서 봉투에 주소도 내 손으로 쓰고, 택배 부칠 때도 내 손으로 바로바로 써서 보낸다. 받아쓰기하는 걸 좋아해서 틈만 나면 써 보고 맘 내킬 때마다 몇 번씩 공부한다. 좋은 이야기도 듣고, 노래도 배우고, 이어 쓰기도 이제 할 수 있으니 재미가 난다. 나중에는 시 같은 것도 써 보고 싶다. 나는 기회가 된다면 죽기 전까지 공부를 하고 싶다.

들일할 때 새참으로 나눠 먹던 추억의 술빵

옛날에 엄마가 하는 거 데모도* 하면서 배웠어.
술빵은 옛날에 배고플 때 간식으루 해 먹구 들에
일 나갈 때 새참으루두 쓰고 그랬지. 옛날에 들판에서
여럿이 새참으루 먹던 추억이 있어서 지금도 그때
생각나면 해 먹어. 옛날처럼 가마솥에 불 때서 해
먹진 못허도 추억이 있으ㅣ 행복허지.

애덜이랑 주구 싶어서 해 먹고, 한번은 이우지*
아들내미가 하두 갈금내* 해서 큰 오봉이다 잔뜩
쪄 줬어. 그담부턴 또 해 달라구 안 하대. 아주 실컨
먹었내 벼. 기냥 감으루 허니께 할 때마다 맛이 다
달러. 우리네 하는 거는 일정치가 않어.

* 데모도: 데모토(てもと), 보조
* 이우지: 이웃
* 갈금내: 음식을 얻으려고 구차하게 군다는 뜻의 '갈근대다'의 방언

술빵

재료 : 밀가루, 막걸리, 당원, 콩이나 동부*

1. 밀가루에 물이랑 술 늫구 개놔. 술은 막걸리여.

2. 달달하게 당원두 느야지, 콩이랑 동부는 있으믄 늫쿠.

3. 여름에는 기냥 하구, 추울 때는 포대기* 덮어서 뜨뜻하게 하루 재놔.

4. 반죽은 물그름하게 해야지. 너무 길어두 되두 못써.

5. 가마솥에다 건그레* 올리구, 체반 언구, 면보 깔구 푸욱 쪄.

6. 젓까락으로 찔러봐. 밀가루 안 묻으면 잘 익은 겨.

7. 네모지게 잘러두 되지만, 나는 손으로 뜨더 먹어.

---

* 동부: 팥보다 약간 길쭉한 콩의 한 종류
* 포대기: 어린아이의 작은 이불
* 건그레: 겅그레. 솥에 무엇을 찔 때, 찌는 것이 솥 안의 물에 잠기지 않도록 받침으로 놓는 물건

❶ 밀가루에 물과 막걸리를 넣고 뉴슈가도 넣어 갠다.

❷ 반죽은 너무 묽지도 질지도 않게 해서 콩과 동부도 넣는다.

❸ 여름에는 바로 하고, 추울 때는 포대기를 덮어서 따뜻하게 하루 재어 둔다.

❹ 면포를 덮어서 가마솥에 푹 찐다.

❺ 젓가락으로 찔러 보고 밀가루가 안 묻어 나오면 완성!

선우월광표

밥버무리

1954년생 | 충남 공주

　요새 보기 드물게 아들 내외와 손자들, 손녀, 남편까지 여덟 가족이 대식구로 산다. 며느리는 처음 시집와서부터 같이 밥을 해 먹으며 지낸 한결같은 사람이다. 글 배워 집에 가면 배우고 온 것을 며느리가 자상하게 알려주고 응원도 해 준다. 평소에는 병원도 가고 장터에 있는 친구네 가서 놀다가 손주들 올 시간에 집에 와서 같이 놀다 보면 하루가 간다. 밭농사도 하는데 고구마, 고추, 들깨, 참깨를 심고 옥수수는 일찌감치 심어 남들보다 일찍 따서 팔기도 한다. 글은 웬만큼 읽고 쓸 줄 알았는데 동네 형님들이 도서관 다니는 걸 보고 따라오게 되었다. 처음에는 쑥스러워서 망설였는데 이제는 일하다가도 시간이 되면 도서관에 정신없이 오게 된다. 잘 못 써도 받아쓰기할 때가 제일 재밌다. 내 말을 내가 제대로 쓰고 싶어서 계속 배우러 다니려 한다.

집 마당의 밤나무를 털어 햇밤으로 만드는 밤버무리

마당 한쪽에 시아버지가 심궈 논 커다란 밤나무가 있었어. 가을
되믄 온 가족이 모여 밤을 털고 줏었지. 밤 가시에 손이 찔려두 밤
줍는 재미가 쏠쏠혀. 자식들에 손주들까지 같이 허믄 재미진 놀이제.
생밤 껍질을 까서 버무리 해서 먹으믄 사 먹는 밤에 어찌 비할까?
맛이 두 배는 더 있지. 시아버지가 중풍으로 7년을 누워 계시다
돌아가셨는디, 밤버무리를 좋아하셔서 자주 해 드렸지. 난 배운 거
읎고 스스로 다 했어. 지금두 음식 같은 거는 남한티 안 배워.

찹쌀을 쪄 갖구, 골고루 골고루 밤두 늫구 나 나름대루다 고루고루
많이 늫지. 대추 늫구 호두랑 은행두 늫구 서리태 콩, 호박꼬지* 늫으문
더 맛있어. 달달하게 해 먹으니께 설탕두 남들보덤 더 늫어. 명절이나
우리 식구덜 모임 있을 때 해 먹지. 생일 때두 하구 식구덜이 많이
모이믄 난 이걸 해서 먹어. 나눠두 주구. 우리 딸내미가 어렸을 때부텀
내가 해 주는 걸 먹어 봐서 그렁가 아주 잘 먹어. 우리 며느리두
맛있다구 하매 잘 먹지. 시누들이 와서 남으믄 다 싸 가지고두 가.
좌우지간 다덜 잘 먹어. 다른 디서 한 거 먹어 보구는 우리 어머님이
한 게 최고라고 햐. 우리 미누리*가 그랴.

* 호박꼬지: 호박고지, 애호박을 얇게 썰어 말린 것
* 미누리: 며느리

밥버무리

재료: 밤 5키로. 찹쌀 5키로. 대추 3키로.
서리태 2키로. 호박 꼬지 2키로.

1. 찹쌀을 불려야지.

2. 햇밤으로 해야지 그래야 맛있지.

3. 불린 찹쌀을 방앗간에 가서 빻아 와야혀.

4. 밤하고. 대추하고 서리태하고 호박 꼬지하고
   쌀가루하고 골고루 넣고 시루에 찌지.

5. 김이 모락모락 나면 콘오봉*에 뒤집어 엎어.

6. 쪄오끔 식은 다음에 손으로 좋아하는 밤을
   빼먹는 재미도 좋지.

7. 네모지게 썰어서 냉동고에 넣어 뒀다가
   하나씩 꺼내 먹으면 아주 좋지.

---

* 콘오봉: 큰 쟁반

❶ 찹쌀을 물에 불려 방앗간에서 빻아 온다.

❷ 밤, 대추, 서리태, 호박고지, 쌀가루를 골고루 넣어 섞는다.

❸ 시루에 올려서 찐다.

❹ 김이 모락모락 나면 큰 쟁반에 뒤집어엎어서 네모지게 썰어 먹는다.

강순분표

도라지차

1937년생 | 인천광역시

©은하요

　강화도가 고향이다. 거기서 나고 자라 결혼하고 10여 년을 살았다. 남자
애들처럼 산에서 싱아 줄기 껍질 벗겨 먹고, 떨어진 감 주워 먹고 개구쟁이
노릇을 하며 자랐다. 육이오 난리가 나서 서울에서 인민군이 후퇴했을 때
도 강화도에는 인민군이 주둔해 있었다. 그리고 겨울엔 중국군이 내려왔
다. 비행기만 보면 머리가 찌릿찌릿하다. 사람만 모이면 B29*가 귀신같이
나타나 사람들을 죽였다. 장날 내 눈앞에서 시루떡 장사꾼이 기관총에 맞
아 죽었다. 인천 상륙 작전이 시작되자, 고등학교 오빠들이 학교 끝나면 천
막을 치고 아이들을 모아 공부를 가르쳤다. 촛불 하나에 의지해 공부를 했
다. 동생 손을 잡고 학방에 서너 달을 다녀 이름 석 자는 쓸 줄 알게 되었
다. 강화를 떠나서는 서울로 이사를 갔다가 동두천에 살다가 충청도로 내
려왔다. 해군 출신 남편이랑 살고 있다.

＊ B29: 육이오 전쟁 당시에 쓰인 전투기

엄마께 전수 받은 보약 중에 보약, 도라지차

울 아버지가 기관지가 약했잖어. 그래서 엄마가 평생을 차를 달였어. 시골은 불을 때야 허니께 엄마가 강화에 고려산이라고 거기까지 걸어가셔서 나무를 해 오셔. 나무 패다가 도라지가 눈에 띄믄 앞치마에다가 다 뽑아 가지구 오셔. 내가 따라다녔으니 엄마가 하는 걸 봤지. 근데 시집을 오니 우리 영감도 기관지가 나뻐. 엄마한테 전수 받은 도라지차를 사계절 내내 달였지. 강화 살았을 적에 쪼꼬만 밭에 상추, 쑥갓, 도마도* 심어 먹구 도라지도 심어 하나씩 캐서 고거 갖다 말려서는 차 해 먹고 그렸어.

도라지는 꽃이 파래, 보라색이여. 근디 흰색 꽃 피는 백도라지가 더 좋은 거여. 봄에 도라지가 많이 나잖여. 도라지는 굵은 걸루 골라야 혀. 대가리가 여러 개 많은 게 오래된 거구 대가리가 한 개인 건 어린 거여. 될 수 있으믄 많은 걸루, 인삼같이 생긴 걸루 허믄 좋아. 집이서 흙 다 털어 가지고 깨끗하게 씻어서 1년 내 말려. 가을까지 말려. 땐땐해지면 주전자에 한 주먹씩 늫구 대추 늫구 끓여 먹는 거여. 설탕 한 숟가락 늫구 식사 후에 마시믄 보약 중에 보약은 도라지차여. 목이 칼칼한 게 없어지구 기침 콜록콜록 나오는 것도 없어져. 우리 영감이나 나나 도라지차를 젤루 치지. 아들 둘은 쓰다고 안 먹어. 우리 둘이만 먹어.

* 도마도: 토마토

목이 칼칼한 도라지차

1. 도라지는 흙이 없도록 껍질 채 씻어.

2. 채반에 말린다.

3. 솥에 말린 도라지 대추 한주먹 물을 넣고

4. 은근하게 1시간 동안 달인다.

5. 뜨겁게 먹거나 식혀서 먹는다.

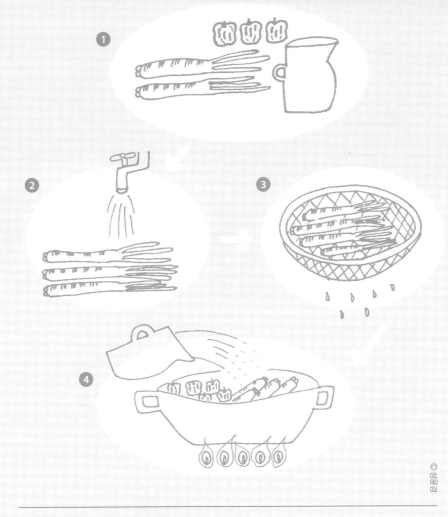

❶ 도라지 10킬로그램, 대추 1컵, 물 2리터를 준비한다.

❷ 도라지는 흙이 없어지도록 껍질째 씻는다.

❸ 채반에다 물기를 빼고 말린다.

❹ 말린 도라지, 대추, 물을 솥에 넣고 1시간 동안 달인다.

유복동표

수정과

1949년생 | 충남 청양

    아버지가 전형적인 시골 옛날 양반이셨다. 형제가 4남매였는데 여자는 공부 가르치면 기생 된다며 오빠들만 학교에 보내셨다. 공부는 못 했지만 막내딸이라 귀여움을 받고 자라다가 시집와서 아들 4형제를 낳고 살았다. 옛날에는 관공서 일이며 모두 남자들이 했기 때문에 남편이 늘 대신 읽고 써 주어 큰 문제는 겪지 않고 지냈다. 그래도 이름 석 자는 써야 한다며 남편이 가르쳐 주어서 배웠다. 남편이 늘 "자네는 한 해 겨울만 배우면 글 쓸 수 있어."라며 권했는데 젊은 시절, 겨울이 되면 농사철 끝에 마실 다니기 바빠서 그러지 못한 게 후회가 된다. 남편 세상 떠나고 나니 서울에 있는 자식들에게 오가는 일부터 영 힘이 들어서 한글 공부를 하러 다니게 되었다. 모르는 글자는 아들에게 전화해서 알려 달라고 한다. 며느리한테 편지도 쓰고 싶고, 시도 쓰고 싶고, 일기도 쓰고 싶다.

세상 떠난 남편이 참 좋아했던 수정과

스물넷에 시집와서 시엄니가 하시는 거 보구 같이
만들면서 배웠지. 배우고 나니 어머님은 인제 일절
손을 안 대셔서 내가 혔어. 작년에 돌아가신 남편이
수정과를 참 좋아혔지. 애덜도 다들 맛나다고 잘 먹고.
여름에는 금방 쉬구, 겨울에 해서 먹으야 하지.
구정 때 식구덜 다들 모일 때 만들어서 손님들도
오시믄 내놓구. 재료는 시장 가서 싱싱헌 거, 깨끗헌 거,
좋은 걸로 골라 사야 혀. 그냥 보믄 알어. 뜨건 물을
오래 끓여 맹그는 거니 항상 조심하며 해야 혀.

수정과

재료 : 통계피 1키로, 생강 서근, 거먹 설탕 3키로,
  곶감 50개, 잣 1키로

1. 통계피는 물에 씻은 다음 한솥이에
   2시간 정도 끓인다.

2. 끓인 계피 물은 차게 식힌다.

3. 생강은 닦아서 벗기고 물 닷되를 넣고
   두세 시간 끓인다.

4. 생강 물도 차게 식힌다.

5. 끓여서 식힌 계피 물과 생강 물을
   거먹설탕을 넣어 섞는다.

6. 곶감은 하루 전에 넣어야 한다.
   (물에 불어서 말랑말랑해진다)

7. 잣은 먹을 때마다 넣는다.

❶ 통계피를 물에 씻은 뒤 큰 솥에 2시간 정도 끓인다.

❷ 끓인 계피 물을 차게 식힌다.

❸ 생강 껍질을 벗기고 다듬어서 물 5되를 넣어 2~3시간 끓인다.

❹ 생강 물도 차게 식힌다.

❺ 계피 물과 생강 물을 섞고 흑설탕을 넣는다.

❻ 곶감은 먹기 하루 전에 넣어야 물에 불어 말랑말랑해진다. 잣은 먹기 전에 넣는다.

조순덕 표

인절미

1937년생 | 충남 공주

　할아버지, 할머니가 계셨는데 옛날 어른들이니 계집애 가르치면 건방져서 못쓴다고 하셨다. 어른들 말을 못 어기니 학교를 갈 수가 없었다. 학교만 보내 주면 동생들 다 볼 거라고 사정해도 들어주질 않았다. 나만 큰딸이라 못 갔고 동생들은 다들 학교에 보냈다. 학생들이 가방 들고 학교 가는 것만 봐도 그렇게 부러울 수가 없었다. 열아홉 살에 결혼해서 아들 셋에 딸 하나 낳고 살았다. 남편은 마흔아홉에 일찍 세상을 떠나서 그때부터 노점상을 해서 애들 공부를 시켰다. 텔레비전에서 글 배우는 사람들을 보고 부럽다고 했더니 며느리가 도서관을 알아봐 주어 여든이 넘어서 왔다. 공부는 전부 어렵지만 공부하러 다니는 건 재밌다. 손자들은 대학 가서 장학금을 받고 다닐 정도로 머리가 좋은데 나는 늙어서 영 머리가 트이지 않는다. 글씨 쓰고, 책 보고, 무슨 글이라도 지어서 써 보고 싶다.

귀한 손님이 오시면 대접하던 인절미

시집살이 하믄서 시할머니, 시할아버지, 시어머니, 시아부지 계시구 긍께 귀한 손님이 오믄 인절미를 하더라구. 시골에서는 손님이 오믄 대접할 것이 읎응게 인절미 하믄 애덜 간식두 하구 그렸어. 옛날이는 떡이 귀했잖어. 결혼하구서는 보니까 우리 집 양반이 농사두 짓더라구. 그러니 집이서 농사진 거 갖구 만들었지. 지금두 돈 주구 사는 건 안 허시. 씰 담그고 콩 볶구 다 햐.

콩을 볶어서두 그냥 갈며는 고물이 곱덜 안 항게 한 번 개피*를 내 갖구 알맹이루만 고물을 내는 겨. 볶은 거를 맷돌이다가 한 번 들들들 해 갖구 까불러서 알맹이만 갈어. 방앗간이서 보믄 빻아서들 찌지만 그전이는 통쌀을 담궜다가 한 번 쪄 가지구 했어. 찹쌀을 불커서* 쪄서 내리쳐서 깨트려 가지구 해야 더 맛있거든. 장사하구 살면서는 요리를 별로 안 해 봤어. 20년 애덜 가르치니라구 그렸지. 노점 볼 땐디 그때만 해두 노점 다 때려 부시구 뺏어 가구 얼마나 고생이 심했는지 물러.

* 개피: 거피   * 불커서: 불려서

인절미

재료 : 찹쌀 5키로, 메주콩. 1키로

1. 마른 쌀을 씻어서 5시간 불린다.

2. 시루에다 건져 놓는다. 물기가 빠지면
   불을 때서 찐다.

3. 잘익은 찹쌀밥을 도구통*에 넣고 힘있게 도구대*로 친다.

4. 콩을 볶아 개피를 낸다. 곱게 갈아 채에 내린다.
   그래야 곱고 고소한 맛이 더하다.

5. 네모난 상 위에 도구통에 친 찹떡을 깔고
   콩고물을 얹는다

6. 손으로 꾹 눌린 다음 접시로 썬다.

7. 모양은 좀 거시기 해도 맛은 좋다.
   고급 음식이기 때문에 손님이 오시면 대접하고
   자식들이 매우 좋아하는 음식이다.
   간식이 없던 시절이라 간식으로 인기가 최고였다.

---

* 도구통: 절구통   * 도구대: 절굿공이

❶ 마른 쌀을 씻어서 5시간 불린다.
❷ 시루에다 쌀을 건져 물기가 빠지면 불에 찐다.
❸ 찹쌀밥이 되면 절구에 넣고 절굿공이로 친다.
❹ 콩을 볶아 알맹이만 곱게 갈아서 체에 내린다.
❺ 상 위에 찰떡을 깔고 콩고물을 얹는다.
❻ 손으로 쭉 늘린 다음 접시로 썬다.

할머니가 알려 주는 사계절 제철 재료들

봄

봄이면 논둑이고 산이고 나물이 지천에 널려서 돋아나. 이게 다 우수운 것 같아도 하나하나 보믄 귀하디귀한 거여. 요즘은 농약을 많이 쳐서 깨끗한 나물 뜯기도 어렵고 어디 가서 돈 주고 못 사는 것도 많지. 푸른 새싹으로 올라오는 연한 봄나물 뜯어 반찬 만들면 보약만치 좋아.

바지락

조개를 통째로 넣는 것도 아니고
조갯살만 발라 된장찌개를 끓여 주면
조갯살 골라 먹는 재미가 있었는디

쑥

쑥은 떡도 해먹고
약으로도 쓴다

고사리

봄이 되면
고사리 꺾으러
산으로 가오

여름

선풍기도 에어컨도 없었던 시절에는 열 식혀 주는 재료로 시원한 음식 해 먹는 게 여름 나는 비법이었어. 여름 채소로 김치 담가 국수도 말아 먹고, 장아찌 만들어서 물만밥에 새콤하게 얹어 먹으면 입맛이 살아나지. 병어는 여름에 맛있는 생선이여. 조려서 먹기두 하구, 마른 병어 사다 볶아서두 먹지.

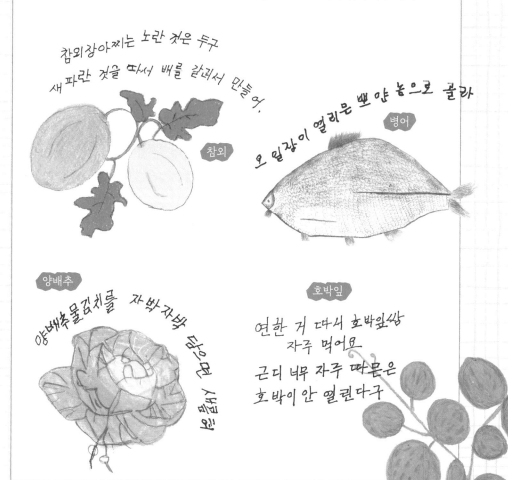

참외장아찌는 노란 것은 두구
새파란 것을 따서 배를 갈러서 만들어.

참외

오 밀장이 열리문 뽀얀 놈으로 골라

병어

양배추

양배추물김치를 자박자박 담으면 시원해

호박잎

연한 거 따서 호박잎쌈
자주 먹어요
근디 너무 자주 따믄은
호박이 안 열린다구

223

가을

가을은 수확 철이라 뭐든 풍성하지. 감이며 밤이며 고추며 주렁주렁 열린 것들을 식구들 함께 모여 따서는 말려. 저장해 놓았다가 두고 겨우내 먹는 것도 많지. 배추도 가을에 나니 김장하고, 무도 가을무가 맛이 최고여. 콩이나 도토리 갈아 친구들이랑 두부도 만들고 묵도 쑤어 푸짐하게 나눠 먹어.

고추

들깻잎

고추는 너무 큰 것 말구 매끈하고
이쁜 놈덜만 골라서 가을에
담궈야 제격이여

들깨 비기 전이 노릇노릇할
정에 따서 한 철 해 먹는 거지

논 두렁 에서 게를 잡아 왔어 실허고
노란 허니 참말 맛있었어

게

감

감나무에
감이
주렁주렁
열렸다

224

겨울

요즘은 겨울에도 안 나는 재료가 없지. 하우스 농사를 지으니 마트만 가면 뭐든 다 구할 수 있어. 미련스레 힘들게 살 필요 없으니 세상이 울매나 좋아졌는지 몰라. 옛날에는 겨울이면 따다 놓은 늙은호박 속 긁어다 지짐이도 부쳐 먹고 아랫목에서 호박씨도 까먹었지. 겨우내 동치미 담가 먹고 수정과, 식혜도 만들어 간식으로 달게 먹었어.

호박

호박은 참으로 버릴게 읎지
껍질로는 떡을 해 먹구 씨도 꼬들꼬들
말려 겨울에 아랫목서 까먹구

고구마

고구마는 바로 캤을 때보담 한 겨울에 뒀다가 떡는 게 맛나

● 할머니 요리어 사전 ●

국어사전으로는 부족한, 할머니 감 따라잡기

※아래 내용은 할머님들께서 쓰신 취지를 살려 정리하였으므로 사전적 의미와 다를 수 있습니다.

갈림, 고봉

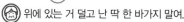

소금 한 갈림 한 바가지를 물에 타 넣는다.

Q '갈림'이 뭐예요?

위에 있는 거 덜고 난 딱 한 바가지 말여.

 그릇 위로 수북이 쌓인 부분을 덜어 내고 딱 한 그릇 분량만 남기면 **'갈림'**

 밥 등을 담을 때, 그릇 위로 수북하게 담으면 **'고봉'**

겅그레

솥에다 겅그레 올라구, 체반 언구, 면보 깔구 푸욱 쪄.

Q '겅그레'가 뭐예요?

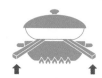 찌려는 것이 솥 안의 물에 잠기지 않도록 받침으로 놓는 물건이여. 찜기를 사용하면 겅그레를 따로 쓸 필요가 없지.

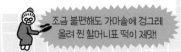
조금 불편해도 가마솥에 겅그레 올려 찐 할머니표 떡이 제맛!

고들고들, 꼬들꼬들, 꼬똑하게, 꼰득꼰득, 끄들끄들

고들고들하게 하루 정도 말려.
물기가 꼬똑하게 말린다.
쳇반에다 끄들끄들하게 말려.

껍질은 안 벗겨야 꼬들꼬들 해.
꼰득꼰득 맛 있어져.

Q
재료의 바깥 부분에 있는 수분은 모두 말랐지만,
속에는 약간의 물기가 남아 있는 상대를 말하나유?

암, 전부 같은 말이여.

Q
도대체 얼마나 말려야 'ㄲㄷㄲㄷ' 한
상태가 되나요?

가을바람에는 하룻저녁이면
'ㄲㄷㄲㄷ'하게 말라.

Q
하룻저녁은 몇 시간 정도일까요?

다 다르지. 사람마다 다르고
재료마다 달라.

요리는 감으로, 시간도 감으로!

근	되·됫박	말	손
고기 2근 생강 서근	소금5되 찹쌀가루 반 됫박	조콩 1말	고등어 한 손
고기나 생선은 600그램 채소나 과일은 400그램	한 되는 약 1.8리터	약 18리터 10되는 1말	생선 2마리

년칠년칠

> 배차를 듬성듬성 년칠년칠 썰어

Q '년칠년칠'이 뭐예요?

'년칠년칠'이 '년칠년칠'이지. 다른 말은 없어.

Q '넓적하게' 써는 거예요?

절대 아녀.

Q '숭덩숭덩' 써는 거예요?

절대 아녀.

Q 그나마 비슷한 뜻은?

어슷어슷. 먹음직스럽게 보이는 크기로

'년칠년칠'은 그냥 '년칠년칠'인 걸로!

떡이 운다

> 그래야 떡이 울지도 않고 잘 쩌져.

Q 떡이 왜 '울어요'?

떡이 설익는 걸 울었다고 하지.

Q 방이랑 창문은 왜 닫아요?

바깥바람이 들어오면 시루가 차가워서 떡이 잘 안 익으니까.

찬바람이 많이 부는 겨울에는 특히 조심!

서리올 때 새파란 고추 한 사발

Q '서리 올 때'도 고추가 열려요?

그거 잔챙이 고추여.

Q 파란 고추를 따로 기르는 게 아니고요?

잘 익은 빨간 고추를 수확하고 가지에 남은, 단단하고 씨가 많아 상품으로 쓸 수 없는 고추를 말하는 겨.

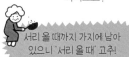

서리 올 때까지 가지에 남아 있으니 '서리 올 때' 고추!

이예식표 '송송' 썰기	신혜운표 '숭숭' 썰기	명옥선표 '뚝뚝' 썰기

 파 송송 썰어

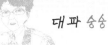 대파 숭숭

열무를 뚝뚝 잘라

계란찜을 만들며 파를 '송송' 썰 때는 **0.5센티미터**

육개장을 만들며 파를 '숭숭' 썰 때는 **10센티미터**

열무김치를 만들며 파를 '뚝뚝' 썰 때는 **손가락 길이, 약 6센티미터**

요리는 감으로, 썰기도 감으로!

출렁대는 바다를 보면
내 마음도 화해진다

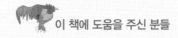 이 책에 도움을 주신 분들

글쓰기 선생님
김기숙, 박상분, 전명수

그림 선생님
이육남, 조혜란

구술 채록
사서	신효경, 정유애, 최유진
청소년	권준서, 권준영, 김수진, 민우, 이한빈, 주혜연, 지수민, 최승훈, 최주원, 한송이, 한주현
봉사자	김나희, 김혜영, 김효림, 박승희, 서현자, 윤여슬, 이유화, 이회명, 채진실, 최나영, 최서현, 홍민영, 황선미
문해 교사	강윤경, 김금선, 김순애, 이윤정

일러스트
할머니	강순분, 김연숙, 김용선, 김화영, 송명예, 이정임, 장인순, 정금순, 정철임, 조남예, 주미자, 최봉화, 최옥선
청소년	해당 일러스트 옆에 'ⓒ'를 붙여 이름을 표기하였습니다.

요리는 감이여

충청도 할매들의 한평생 손맛 이야기

초판 1쇄 발행 • 2019년 8월 19일
초판 8쇄 발행 • 2025년 3월 5일

지은이 • 51명의 충청도 할매들
기획 • 충청남도 교육청 평생 교육원
펴낸이 • 황혜숙
편집 • 이혜선 박민영
디자인 • 김선미
조판 • 이주니
펴낸곳 • (주)창비교육
등록 • 2014년 6월 20일 제2014-000183호
주소 • 04004 서울특별시 마포구 월드컵로12길 7
전화 • 1833-7247
팩스 • 영업 070-4838-4938 / 편집 02-6949-0953
홈페이지 • www.changbiedu.com
전자우편 • contents@changbi.com

ⓒ 충청남도 교육청 평생 교육원 2019
ISBN 979-11-89228-48-4 03810